# 绽放

展现青少年创作实力，引领创意写作风潮

绽放

精华版

成长

# 全国新概念作文大赛
# 获奖者优秀作品

刘奔三　主编

北京时代华文书局

Contents

# 目录

## Part 1 短暂或漫长


矛盾少年 _002
短暂或漫长 _012
童年是时间送来的梦 _019
秒针失格 _023
孤灯 _034


## Part 2 过客


生命是条太仓促的河 _040
过客 _049
青川 _063
86 路公车 _077


## Part 3 福缘


白日青石 _088
水手怕水 _105
福缘 _118
锦岚·宋记 _138


## Part 4 好久不见


遥远 _156
我们才是最相近的 _177
嗨，好久不见 _189
在轮下 _193


## Part 5 道寻常


道寻常 _204
软刺 _208
长大是人必经的溃烂 _223
车城 _229
清明·年华·岁月 _232

*Part*

*1*

# 短暂或漫长

矛盾少年
短暂或漫长
童年是时间送来的梦
秒针失格
孤灯

# 矛盾少年

文♦鲸海

第十七届全国新概念作文大赛一等奖获得者

## 01

世界上可笑至极的事情有很多，可以允许我嘲笑你的过去吗?

总喜欢在夏天剪光头，穿宽松随便的T恤衫，还是横条纹，走在大马路上，摇摇摆摆。路边的阿伯和大婶瞅了你几眼，把你当成刚出狱的劳改犯。年轻的妈妈们在你身后拉过小孩子的手指着你：“经常做坏事的话，长大后就会变成那样。”

而你从来不怕被人说。

脸上搽了半斤粉底的班主任说你：“好差哦，怎么就不学学别的同学那样进步呢，整天只知道做这些没营养的事。”她一伸手就夺走你的课本，上面画满了大脸的阿姨、长胡茬儿的叔叔、严重变形的卡通和各种奇怪的符号。你对面前的这位大龄剩女笑笑：“看，这一页左边那个像不像你？”翕动的嘴角有浅浅的酒窝。“什么？你，竟然把我画成……出去！到门外站十五分钟后再进来！”

妈妈也说你：“什么时候才有羞耻心啊，每次开家长会我都是挨着卫生角坐，你也好意思？阿玉家那个只会吃汉堡包和鸡腿的胖子考得都比你好，你难道智商还输给他了？”“拜托，我只是不想学而已，认真起来的话，我们班现在的第一名都会被我甩几条街了！”你摸着光光的脑门儿，不服气地辩解道。“是吗，真是这样吗？那好，现在就关电视上楼看书，不准再看篮球直播和什么快男快女了，听到没？”

被人说就被人说，有什么好怕的。

夏小树，你真是无法形容的少年。

调皮可爱又大胆无畏，是人类进化过程中不小心变异出来的“新物种”。不爱上自习课，偷偷爬围墙却一脚踩空，屁股直接坐到地上，“好疼啊”却只能在心里大叫，脸上不见一滴泪。

没有资本又爱装酷，骑车时戴个墨镜，见到漂亮女生一脸坏笑，一到学校，门卫立马把你拦下：“哎，说你呢，说你呢，快把车停下，这里是学校，闲人不能进去！”“大叔，你好好看看啦！”你无奈地摘下墨镜，露出那双可怜巴巴的眼睛。

我给你发过短信，里面是阿多尼斯的诗句：“风，没有衣裳；时间，没有居所，它们是拥有全世界的两个穷人。”你的回复是：“亲爱的文艺青年，你饶了我吧，夜深了，我还想好好睡觉，否则明天上课发困的话，那个月经失调的大龄剩女又得杀了我。拜托了。”

而我很喜欢看你发愁时的样子，比《爱情公寓》里的吕子乔演技还好，那塌陷的嘴角、弯下的眉毛似乎真的就要掉了。除了我，还有那个你一直嘴上说讨厌心里却在暗恋的女生也是促使你头变大的膨化剂。她天天要你早上六点半到教室学习，用书砸你的头，有时和学习成绩好的男生聊天，把你丢在一旁吹风，说你变态、幼稚、有病、没心没肺。你的回击是：“林露湘，你这个宇宙不明生物，快滚回你的星球去！”

如果有天她真的消失了，你真的会舍得吗?

夏小树，你这个矛盾体少年，一到夏天，我总会想起你。

## 02

我也有过矛盾的时候，心里好像有两个鬼在打架。

读初中时，每天在耳边出现频率最高的是父母的唠叨：“稀饭吃完了再去上学！”“快到期中考试了，这次有准备超过那个谁吗？”“跟你说平常闲书少看点，你瞧这名次落的，还打算进一中吗？”“书别看太晚了，夜宵放在这儿，吃完就睡觉。”

心里有些许厌恶却不表现在脸上，对他们点点头，沉默地走开或者躲进房间。有时没忍住，便重重摔了摔房间的门。把灯关掉。黑暗中依旧是他们的声音，如同树影一样在墙壁上晃动着：“耍什么臭脾气，我们这样不都是为了你好！”“白天在外看人白眼，回来还要伺候你，现在翅膀还没硬就这样，以后还敢指望你什么！”“下次不准再摔门出气，喂，听到没？”

我捂住耳朵，一头钻入被中，尖锐或者粗犷的声音被隔在外头。入窗的风袭来，把它们又吹成细细碎碎的粉粒，在空气里悬浮。很多时候，我们会被短暂的寂静欺骗，当自己推开被子想透气时，粉粒一一降落到身上，又迅速钻进皮囊。

“喂，听到没？”

“听到没？”

“你再敢闹脾气的话，我们就不管你了！”

“听到没？”

“喂，听到没？”

“知道啦！”然而心里的回答却是：“有一天我一定要离开这样的家，我不想过这样的生活！”

高中开始过上寄宿生活，远离从小到大所熟识的环境，这里没有父母，他们开始住在电话里。原以为自己这下可以松口气了，为只属于自己的三年高中生活而高兴。但事实并非如此。

同熟悉的过去相比较，陌生的世界给予我们新鲜和好奇外，更多的是一种磨难。与人相处时，听人言说，看人做事，眼睛和耳朵需要灵活周转。世事复杂，总让笨拙的人看不分明。

“你不觉得你很幼稚吗？”

“说话不经过脑袋过滤一下就直接吐出来，要得罪多少人啊？”

“你是不是不去×××老师那边补数学了？你知道他当着那么多同学的面说你什么吗？”

我很快败下阵来。独自难过，不知与谁倾诉。

开始厚颜无耻地想起你们。

开始尽量拉长每次通话的时间；开始觉得听你们用方言讲话远比在学校里听变味儿的普通话来得舒服；开始主动问你们过得好不好，四处奔波累不累；开始梦见你们像小时候一样牵起我的手走在大马路上；开始思考起家里的收入和自己学费之间的比率；开始期待放假；开始盼望回家……

开始明白思念究竟是个什么玩意儿。

亲爱的爸爸妈妈，我还是你们心里的浑球儿。

不管以后要去哪里，身份有何改变，也不管你们有多老，爱唠叨的嘴巴里牙齿还剩多少颗。

我都会滚回你们身边。

## 03

矛盾并不只是人类的专利，世间看似毫无情感的万物也面临这样的困惑。

《夏目友人帐》里，斑是只矛盾的妖怪。贵志告诉他，只有当自己在替玲

子外婆交还妖怪们名字的路途上死去的时候，他才能拿走友人帐。斑从一开始就面临着难题：一方面贵志是解除自己封印的恩人，一方面自己又想夺得友人帐来使唤世界上的妖怪们。但时间证明，斑渐渐把贵志当成了生命中的朋友，友情套牢着他们，彼此都无法割舍。

世间真有消解矛盾的利器吗？其实无须锋利或者坚硬的外物，我们的心就能做到。那片柔软的领地里，爱是唯一的神明，他融化黑暗，析出一缕一缕的光明，直至填满我们的世界。

一直都难以忘记《少年派的奇幻漂流》，里面有只凶猛的孟加拉虎，漂荡在茫茫的大海上，它所面对的矛盾更加直接，也更加残忍。一方面它要活下来就必须吃掉船上的男孩，一方面它也感觉自己离不开眼前的男孩，大海太辽阔，航程不见尽头，孤独没有边际。没有人愿意独自享受靠近死亡的绝望。

看到结尾男孩和老虎分开的场景时，眼泪没忍住，直接滴到手臂上。此时的孟加拉虎瘦骨嶙峋，它轻轻离开，憔悴而苍老的身影渐渐隐没在岸边的草丛中。比起男孩，老虎承受的考验其实更大。改变与生俱来的天性，在时间与死亡的命题下抉择，需要的勇气丝毫不亚于派。

## 04

把矛盾缩小来看，它是我们身体上的痒，你能感知它的存在，伸出手，迟疑半天，抓的话会更痒，不抓的话又受不了此刻的痒。

从大处着眼，矛盾一直都伴随着生存而来，充斥于宇宙万物接触的每个角落。或许只有当个体濒临死亡的那个时刻，矛盾才会一点点将其松绑。

矛盾的存在，形同世界要被光线和阴影分割为两半。

我们总在渴盼光明，却不知身后的影子已经在光中清晰无比。

## 05

距离上一次自己和自己闹矛盾是什么时候，咬着手指，生气地跺脚，还是面无表情地在角落里发呆？

我们的青春飞奔至何处，时间的齿轮不停运转，一遍一遍碾压我们的生活，我们的每一天过得越来越薄。

终究这张纸是会被风撕开的吧，化成一只只变形的蝴蝶飞向四处。

安妮说："我们在各自的疆域生活，像花朵盛开在阴面或者阳面的山谷，盛开在海边或者草丛之中，但都是在自己的本性里开。"

矛盾是我们的本性，我们的身体一直住着两个自己。

寂寞时与喧嚣道别，自己变成密闭的盒子，在黑暗中看清自己的容积。

在白昼到来前与黑暗作别，松绑那双习惯黑夜的眼睛，让它习惯光明。

你曾告诉我，疲惫的旅程里，自己只是一个路人，颠沛流离，四处漂泊。贯穿整个青春的只是一条铁轨的两个方向，你终日在原地徘徊，看得见什么，又似乎看不见。过去和未来是一个人最大的矛盾。

我知道，未来是个神秘的魔法师，他会把你我变成另外的人，有可能是糟糕的过去所艳羡的自己，又或许是令现在的你更加讨厌的自己。

但心中的直觉是，时间会把我们塑造得更好。

我相信。

你也要相信。

# 短暂或漫长

## 01

文♦张子瞻

第二十届全国新概念作文大赛一等奖获得者

光线在天空深处缓缓消失，夜色在朦胧中悄然降临。街道上的汽车鸣笛骤然增多，每个人都在下班回家的路上奔波。一些孩童在闲暇无聊之时陪伴着自家的老人在街上散步——孩子们时常会望向天空细数繁星，有时也会寻觅月亮的位置，然后不断地向长辈们发问，想更清楚地了解这个世界。

商店的老板们纷纷收拾东西，准备关灯打烊；学生们从学校里蜂拥走出，迈向归家的路途；车站内，候车的人群比一天中任何时候都要多；连路边的乞丐也开始寻找今晚要在哪里夜宿。街上的汽车在一点点地变少，光在缓缓变暗，夜色如同一只巨大的黑网隔绝了无边的白日。时间静静地挪向深夜，漫长的道路在浮光的浸泡中变得轻盈而又模糊。

天色已晚。一个逐渐沉睡下来的世界。

## 02

我坐在窗前，看夜色中不断变幻的迷蒙风景。灯火斑斓，星辰隐没，这座城市似乎永远无法入眠。无际的灯火笼罩了这片沉重的钢铁森林，犹如一只巨大的乌鸦栖息在天空无法离去。

大多数人都选择了晚睡。在KTV里唱一夜的歌，或是一个人安安静静地读完一本小说。夜又深了，时光再次迁移，日历撕下一页。新的一天又一次进入倒计时。

每当到这个时候，我总是会想起很多人的模样。熟悉的，或是陌生的，他们的身影在漫长的时光中没有离散，我知道他们一直都站在某个回忆深处，等待着我，但印刻在我脑海里的并不只有他们面容的轮廓。

可能每个人在深夜里都会想起过去的那些早已离开却无法忘记的人。他们留给自己的是一些欢笑，或是更多泪水。

不过到了夜晚，这些都显得不再那么重要。

## 03

时间又一次陷入短暂。

这是一天内的清晨。天空逐渐苏醒，楼下传出了街边早点的叫卖声。一缕轻弱的微光映在玻璃窗上，圈圈光晕唤人清醒。经过一整夜的沉淀，每个人都是崭新的。一些人仍在昏昏沉睡，但有一些人已经起床开始了一天的工作。

现在是冬季，天亮得很晚。七点多的时候，新的光芒才会从天空中重新绽放。这是一天里最美好的时刻，如果在放假期间，你可以在这个时间段内读一本好书，或是听几首自己喜欢的歌曲。这是再好不过的事情。

这一年里城市没有下雪。可能这些年都没有下过，我记不太清了。回忆里的大雪早已停留在片面的童年时期。代表着晶莹与纯洁的雪花，似乎在刻意躲避着喧闹浮华的城市。城市确实是太热闹了，满目绚烂的光影，噪声充斥，足以填满任何人的内心。

很多人其实都遗忘了自己最安静时的样子。因为他们都处在人生的巅峰，在疯狂的热火中挥霍着即将逝去的漫长时光。

## 04

城市一年无雪，但却常常下雨。比如昨天，比如去年年底。昨天的雨水是今年的第一场大雨，延续了去年年底的淋漓尽致。视线内和鼻腔里都充斥着潮湿。湿润的街道表面泛起一层虚浮的白光，就像是一盏盏生长在大地上的灯光，在为每个人照亮前行的路。

此刻我也在回家的路上，打起一把幽蓝色的雨伞，沉甸甸的雨滴从空中落下，落在伞上。在每一个返家的夜晚，我总能想起像今天一样下雨的时刻。一个人的前行总是孤独的，但这片孤独却又很短暂。它和漫长的路途形成了一个微妙的对比。留一片孤独在内心深处，行走于恍惚惆怅的道路上，前方仿佛无穷无尽。

## 05

城市的雨水一连持续了好几天。清凉的雨滴像一锅盛在容器里的水，从深空中倾盆而下。还有一个多月就要告别凛冽的冬季，世界即将拉开春日的帷幕。每个人都在年复一年的历程中逐渐习惯了这座城市的变幻莫测。数条穿插在市中心的街道被近日来的雨水不断冲刷，眼中的一切仿佛化为了一个湿漉漉的囚笼。

没有人知晓这场大雨持续了多少时日。人们总是很忙，步行街上打起雨伞匆忙行走的白领、车站内焦急等车的公司职员，还有公交车上不断看表的高中学生……而唯一悠闲的老人们也全都躲回了家里，为的就是可以熬过这个冰冷刺骨的冬天。形形色色的忙碌人群穿行在漫长的主干道上，天空蒙上了一层浅浅的灰尘。花花绿绿的雨伞如同大街上一棵又一棵行走的矮小蘑菇。来回穿梭的汽车鸣笛声不再是独特的噪声，它们交织在一起，仿佛城市里的交响乐，它们在大雨的滂沱中渐渐变得渺小，最终和人们的欢声笑语融为一体。

数座摩天大楼在这两三年里迅速拔地而起。围绕它们的草坪、花园、树林以及绿化带也在雨水的浇灌下鲜活成长，人们从它们身边经过，它们直挺挺地望着每个走过的人。偶尔，树的枝干上会跌落几片破败的叶子，残叶悠扬地飘荡在雨夜里，继而缓缓地在雨中融化。

## 06

细小的雨滴一遍又一遍地冲刷着人们的内心。

人们的冷漠也在雨季里不断放大，热闹与沸腾过后，更替而来的则是一个更为清冷的世间。街边小餐馆的老板因为想早些回家过年，在上周就关闭了店门。整条街上唯一营业的一家书店仍在勉强维持着自己的生机，时不时有学生模样的人群从书店内走出，皱起眉头沿着屋檐下行走，生怕雨水会浸湿身上的衣服。

空气越来越潮湿。我打起雨伞行走在回家的路上，湿润的气息不时钻进我的鼻腔。钟表上的时针已移动到了“7”的位置，天色早已变得暗淡昏黄。延续好几天的雨水没有携来雷电，所以并没有想象中的那么汹涌。雨在慢慢落下，恍然间，我有些看不清前方的道路，朦朦胧胧的雨雾隔绝了视野。清风与细雨悄悄落地，雨滴打在冰冷的地面上，跳起一段没有规律的舞蹈，哗啦啦的声音仿佛使人陷入某种虚空的幻境。

此时人间似乎再无嘈杂。

不知不觉，我离家已经很近了，但雨并没有停下的意思。广阔的沉静在此刻扑面而来，这种感觉好像来源于某个未知的深渊。昏沉的天际下，一年的时光亦将走入尽头。寒冷的微风伴随着细密的冷雨，瞬间灌入内心深处。

我踏入家门，此时又有多少人准备上路。每个人都在雨夜里寻觅着光明，为了填补内心，又或者为了其他。

## 07

中午，雨水稍小。人们简单收拾了一下，总结了一上午的工作内容，然后准备进行午餐。城市里的打工人群，午餐基本上是很匆忙的。因为下午还有更多的事情等待自己去完成。一天的时间过得很快，忙完了一整个下午，人们才可以真正地休息。

但此时又该进入深夜了。总有一些人会惧怕深夜。他们老是这样，不愿熬过自己独处的岁月。虽然他们早已在这条路上走了很久很久。

## 08

白日是短暂，夜晚是漫长；

光芒是短暂，昏暗是漫长。

青春是短暂，时光是漫长；

相爱是短暂，白头是漫长。

再会是短暂，永别是漫长；

人生是短暂，重逢是漫长。

在无数个短暂又漫长的时日里，时间仿佛一个巨大的蒸笼，我的身体也在慢慢变得炽热。我会出汗，或是会落泪。我在黑夜里独自踱步，夜空下凝视荒凉的风景；我在梦境中化为游鱼，随海闯入一片深蓝；我在拥挤的人海里寻找某个人，他的道别是短暂的，离开却变为了永恒的漫长；我会在某个未知的时间点想起，想起过去，想起一切。

## 09

又一个黑夜过去。

清晨再次来到。人们也再次踏上各自的路途。城市持续不断地沸腾着高音，未曾间断，永久循环，似乎遵循了某种神秘的规律。而人们也有着自己的规律，比如当早晨的第一缕阳光崭露头角之时，开始踏上旅途去完成自己的梦。

雨水在漫长的沉寂中化为永恒，晶莹的琥珀里映刻的是一段段梦幻般的岁月。在光阴的长河里，无数人随波逐流被冲刷到生命的尽头。漫长空虚的岁月之旅，我们在尘间只是扮演了一位匆忙过客。

沿途走过的风景，都停留在脑海最深处。它们凝聚成了一个质点，在短暂的时间内向四方蔓延，最后占据内心的整片寂寥。

## 10

短暂或漫长。

时间流逝，万物永恒。

很多人的面容在视线内跳跃直到丢失，像是遗失了自己最重要的一件宝贝。我们总是在哀婉叹息，似乎我们从来没有得到过。

在多少个漆黑如炭的夜晚，在我脑海中一闪而过的灵光像是跳跃的精灵。从只言片语中捕捉，从远空映画里看透。即使走过多少段漫长的岁月，最后留在心底的，仍是那一抹短暂的寂静。

第二天迎来的依旧是一如往日的初晨，万物生灵，长久不息。寒冰或是烈日，在时光的焚烧中终归最初的混沌。

天色将晚，时光如初。一切仍是短暂。一切永是漫长。

# 童年是时间送来的梦

文♦杨一欣

第十八届全国新概念作文大赛二等奖获得者

坐着一辆绿皮包头火车，我又开始了长途的旅途。火车走一步颠两下，夜晚，车内昏黄的灯火更是让人无从适应。深夜，火车冗长的鸣笛一次又一次惊扰我的梦乡。

旅人是寂寞的，因为你只能孑然一身踏上另一片陌生的大地，来寻求历史给你带来的厚重感。

火车头上方古老的，已经掉了好几层漆的汽笛终于喷出一缕长长的烟雾。我知道我该下车了。四周是一片村庄，两旁的麦地证明这里并不富裕。

我背着那个足有我一个人大的旅行包慢慢下了车，揉了揉那被梦魇占据多时的脸，抬眼看了看四周。只有几个站旁的小贩蹲在地上向来往的旅客推销他们那已经老得掉牙的二手相机。

我走进了这看似熟悉却又光怪陆离的地方，漫无思绪地开始思考我该干些什么——旅行的人不但孤独，而且还要有羁旅之情。不然孤客就不叫“客”了。

四周都是林林总总的平房——像这里人的身形——臃肿而矮小。几只鸡在撒着几粒米粒的地上跑来跑去，附近还有几个孩子拿着弹弓在空气中比画些什么，似乎与树上的那一个草巢有关。

树叶沙沙在响，远处有几声狗吠在空中回响。

这时，从远处跑来一个八九岁的男孩，他的头发凌乱着，像一堆杂草。我不知道我是否见过他，抑或是在哪里见过他。可是他给我的第一印象就是这样，像王朔笔下的方枪枪。

他大呼着跑到我旁边，惊恐地躲在我身后。说实话，他身上的那股野草味真的很奇怪——我貌似在哪里闻过。

“王十六，你快点出来，你别以为……”那帮孩子中为首的一个高个儿男孩大声喝道。出于我天生系于内心的英雄主义，我帮那个叫王十六的男孩解了围。在小时候心有余而力不足的年代里，我终于扬眉吐气地过了一把瘾。

王十六看了我很久，说：“看来你是一个圣斗王，我现在就带你去，你得到大龙后，就可以成为战神了。”我根本听不懂他说的话。

他拉着我的袖口就开始走了，我记得走了很久。从平民区，到小树林，到小山，最后在一座小土丘上停下了脚。

我不知道我为什么跟着这个叫王十六的男孩走。但我一闻他身上的野草味就觉得亲近，迷迷糊糊就跟他走了一大段路。

他神经兮兮地对我说：“这里是一个重要地方，一般人我不告诉他。我看你这么厉害，才告诉你。”

我注视着他头上乱糟糟的头发，思考着说不定可以从里面捉出几只虱子。

他说完便郑重其事地开始刨土。不一会儿，他挖出一个纸制的盒子，旧的，黑色的。他严肃着脸对我说：“哎呀，哥们儿啊！现在我给你这些武器，你就是我兄弟了，这是大龙……”

我见他严肃的表情，不由得觉得奇怪异常。

他诡异地笑着打开了盒子，我一看，里面的最上方是一个玻璃球。

我发傻地看了看，心想他到底在说什么。

他又掏出了一根槐木制的弹弓，对我说："哥们儿，以后你就用这防身了！看见惹你的人你就用这家伙！"我有点发蒙，他拉我来这儿就是给我这些东西？

接着他又从盒子里掏出一个破的漂流瓶、一张动画报纸、一袋小石子……然后他又对我说："哥们儿，这些东西都交给你了，加上这些你就是五星圣斗王了！李王八他出大龙也搞不定你了。"

我听着他的话，又想他之前那神经兮兮的话，突然觉得这貌似是几个孩子玩的幼稚游戏……

我问："你在说什么？"

王十六眨巴眨巴眼，说："你不知道啊，大龙最大，但打不过五星王，五星王打不过小鬼，但你是大龙加五星王……"

我听完，开始翻看着这些盒子里的东西。

也不过是几张破破烂烂的海报与一些不值钱的玩具，竟能玩出这么大的名堂。我笑。

这时，我突然想起，大概也是王十六这么大的时候，我不也是这样的吗？天天叼着个苇草坐在树杈上看风景。想不到成绩，眼中只有如何赢来小伙伴手中的好牌，那种牌放旁边，用手拍地面击起以定输赢。嘴馋了买一包五毛钱的瓜子嗑得吱吱作响。那些日子多么令人怀念，可我却忘记了，我把它抛在远驰的汽笛中。现在我只是一个漂泊而居无定所的旅人，固执地追求着自己所谓的梦想。

我突然有一种想放风筝的冲动。于是我拉起王十六，说："走，咱们放风筝去。"王十六道："等等，大龙是第二大牌，你没有牌，那么……"

我打断了他的话："哪里有放风筝的地方？"

王十六眨了眨眼说：“就这里吧！”我说：“这里全是沙。”王十六见不行，又说：“那小树林吧！”我说：“那里树多隙密。”王十六为难道：“那就没地方啦。”

我说：“我带你去一个熟悉的地方放风筝，走。”

我现在终于明白了王十六身上的野草味为什么这么亲切，这么特殊，原来我也曾拥有过，在田垄上，在麦场上，在草堆上，在谷地上，在一切曾经拥有过往昔童年的地方。

火车汽笛又一次响了，我知道我该上路，只不过下一站已经有了目标。

去那个熟悉的地方。那里使我不必每每在梦中惊醒而又觉得世界之空旷，孤身不知何去何从。前方的路铺满阳光，它早已在我曾经的欢声笑语中铺好。

# 秒针失格

## 01

文♦张皓然

第二十一届全国新概念作文大赛二等奖获得者

小讷的思考起于一堂语文课。

那是初中极普通的一堂课，胖胖的语文老师手拿一本很薄的语文书，在过道里挤来挤去，讲都德的《最后一课》。“人家外国人就是有本事。”小讷一只眼瞟着老师，一只眼的余光瞟着同桌从一侧肩头流淌下来的马尾，压低了声音，“这才几千字啊，就把一个厌学少年改造成了一个爱国青年。”一阵沉默，她埋头记完了笔记，把马尾一甩，目不斜视地看着老师。

“小讷，你来回答一下。”

“就是说，作者采用了前后环境的对比，使小弗朗士的爱国情绪觉醒，塑造出……”

“停停停，跑偏了，请坐。大家把笔记本拿出来，记一下标准答案。”

僵直的身体缓缓放松，小讷慢慢蜷回椅子，心不在焉地看向窗外。这是下午的最后一节课，时值深秋日落，枫叶共斜阳一色，同桌的头高高翘起，头上有一小片晚霞。

“下课吧！”铃声响起。

## 02

“哎，想啥呢，魂儿都快飞了？下课了！”随着敲击桌子声，一句没好气的问候撞到我的耳膜。

“没啥，就是想初中语文老师了。”

“哎哟，你是嫌弃现在的老师教得不好是吧，我跟你讲我……”她说着就“唰”地举起一只手，背后的马尾辫很快地甩到胸前。

“打住。”我无奈地做了个手势，赔个大笑脸，“姐，真没那个意思。”

看着面前这张熟悉的面孔，我头一次有点心酸。

## 03

学校离家大概有一公里，小讷极享受每天自己行走的这段路程，因为他总感觉家门正对着的那条街上的时间过得特别快，他走在那里有一种迅速长大的感觉。那条街上没什么行人，店铺总是换了又换。比如这家，上一家酒吧刚搬走，门框上的木招牌还没有摘，另一家店就搬来了，把那个巨大的木质牌子翻一下，老板娘用大笔刷蘸着黑墨写上“乡愁”，店里卖各种好玩的小手工制品。更有一个时期，那条街上清一色的全是小茶店，不知道是谁在街的转角立了块儿大石头，上面刻着两个大字：茶街。现在呢？字都快被杂草封住了……

小讷很愿意再想更多关于这条街的趣事，因为这条街基本上就是他窥视庞大社会的唯一小孔。城市的高中生嘛，三点一线式的生活，身边总有人在准备这样或那样的竞赛；大家又都花很多时间在网络上；偶尔有人谈谈恋爱，被大家当作饭后谈资；要么就是为了一个章跑遍了社区做服务，末了再做颇有体会状，和舍友在熄灯后说说，还要提防宿管查寝……小讷不喜欢八卦别人，也不喜欢太热闹。他读过很多书，有一个自己想起来就觉得挺幼稚的梦想，至于是什么，他从来就没跟别人说过。

## 04

“都德的《最后一课》是篇很有意思的经典小说，自‘五四’时期被译为白话文后，就几乎没从语文课本中消失过。”我抓着膝盖，身体微微前倾，故意把音量放大，为的是让在厨房里“谱曲”的那位也能听到。我面前的男人看着我，把嘴抿紧。

“究其原因，在文学上有一个专门的名词叫‘横断面’，说的就是他这种写作手法。简单来讲就是故意将人们所普遍认知的常识，如‘我什么时候都能学母语’推翻，将其置于一个被颠覆的背景下，以此唤醒人物的‘第二内在’……”

这样的家庭讨论常有，但这回男人没有笑着听，而是点起了一根烟，并将口中的烟雾快速地吐出来。青色的烟融进黄色的灯光中，转着圈的样子很像是浪。“小伙儿，你知道数学这个事儿是怎么来的吗？”

我摇摇头，嗅出了一股长篇大论的味道。

“尼罗河的季节性泛滥造成不可避免的土地分配的问题，从而促使了最早的几何学的诞生；而古希腊发达的商品经济则为代数学的产生创造了土壤。二者一起才构成最初的沟通人与自然的数学。”他顿了一下，“反观中国，我们几千年来对于科学的研究仅仅停留在现象上，我们几千年来研究得最多的都是人与人的关系。”他抽一口烟，“传统文化怎么讲？君子六艺是干吗的？那都是修身养性的。说难听点都不是正业！你好好研究研究数学、物理吧，爸爸很乐意听你在这里讲讲万有引力，而不是什么……”

“好了！孩儿他爸，吃饭！”

我起身，听见身后传来一句：“我挺希望咱家出一个理工科人才的。”

我走进厨房，撞上母亲面颊上的汗珠、眼角的细小皱纹和一双充满笑意的眼睛。“你爸就一理科生，别听他瞎说。你刚才不是讲得挺好吗？选文选理妈妈都支持你。”她端着锅走出去，看着这熟悉的身形，我突然有一种害怕被生活吞没的感觉。

## 05

小讷最烦别人说他是文艺青年，更烦别人说他是文科生。

但是一个班里是很难藏得住秘密的，几乎就在一夜之间，知道他想选文科这件事的人就从舍友变成了全班。

“哎，你要选文啊？”同桌一下数学课就把手肘撑到他的课桌上，双手托脸，笑着问他。

“可不，反正我是学不来物理了，爱谁谁吧！”他翻个白眼，却没看到她笑得更灿烂了。

“那到高二的时候，我们还会分到一个班吗？”

“你选文吗？”

“说不好，可能到时候随心情了。”一阵沉默，她很随意地拿起他的文具盒翻起来。

“说起来，那个新概念作文大赛你准不准备参加？”

“我还没想好，老师不是说推荐你去吗？你写作文那么好。”她拿出他整个

文具盒里最贵的一支钢笔，开始转起来。

小讷又一次开始埋怨造化弄人，把她原封不动地又一次安排到他身边。“我记得你初中不是这样的啊……”他的双眼紧盯着钢笔。

“哈？”一个不留神，她把钢笔摔到了地上。

他在心里叫苦不迭，弯下腰：“我还记得初中的时候我上语文课时跟你说话，你连理都不理我。”

他直起身子，却对上她一张收起笑容的脸：“时间是会改变人的，之前的那个我活得很不自在。”

“那……你现在算是在堕落？”

“这话没毛病，我是挺讨厌绷着一根弦的。这样活挺好。”

她一整天没再和他说话。

## 06

语文老师找我。

我慢吞吞地走在通往办公室的路上，秋天的凉风并没有使我感到愉悦，现在终于明白“一切景语皆情语”是啥意思了。好不容易蹭到了办公室门口，我提着气敲了两下门。

“请进。”

我看到的是语文老师圆框眼镜下的一张笑脸。

“听说你想选文啊？”

完了——我心里一个激灵。

“没事，这种事老师不会干预你的。我就是想了解一下你报名作文大赛的事。”

“哦，好好。”

“老师问你一个问题，你作文写得那么好，长大之后想干什么啊？”

完了。

## 07

小讷有一个他想想就觉得幼稚的梦想，他从来没跟别人说过，但也从来没有放弃过。

小讷想成为那样一种人——一种不会像街头那块儿大石头一样被时间抹平的人，一种不会像那块儿木牌子一样被翻过去的人，他要像都德或《最后一课》那样被人口口相传。

这种梦想其实挺好的，谁没有做过那种很热血的梦？但是小讷还是不太一样，他做梦是因为……

## 08

“我想当作家，写经典作品的那种，很久都不会被大家忘记。”

“为什么呢？为什么一定要被大家记住呢？”

“感觉那种被遗忘的状态太糟糕了——就像天天在院子里晒太阳的老大爷，没人知道他年轻时候怎么样，因为他那个时候没有作品，没有被人记住，就被……忽视了，以前就像是死的。”

“你作文大赛想写什么？”

“没想好。”

“我给你个建议——不如你就写过去的一些事，怎么样？”

“谁都会写……”

“我说过了，你的事。”

我走出办公室，刚想关门，门被风关上了。

## 09

小讷在放学后慢慢往家走，他极享受这段自己行走的时间。他慢慢地想时间与自己的关系，突然想起一句话：“评判一部作品好坏的标准，多半在他所写的文字之外。”反观自己，其实就是一部普通到不能再普通的作品：内心做着理想的梦，和父母发生些矛盾，有一个自己有点好感的同桌，无法阻止自己陷入生活的平庸中。

他突然不走了，停在了那个叫“乡愁”的小店门口。他走进去，很亲切地向老板娘打招呼。他突然想起在一个相似的下午，他也曾这样向前一个经营店铺的大叔打招呼，不禁心里一紧。

“买点啥？”

“这儿生意好不好啊？”他抛出一个不算问题的问题。

“嗐，今天你是第一个。”说着，老板娘笑了。

他买了个小座钟，没有秒针的那种。他不喜欢看着时间以秒为单位流逝。

## 10

回到家后，我和爸爸谈了谈，他说他想通了，会尊重我的理想。我感觉挺失落的，因为他肯定很失落。

第二天，我一如既往地在数学课上犯迷糊。同桌悄悄碰碰我：“别睡啊，我还指望你给我讲题呢。”

我一笑。下课后，我正视着她的眼睛：“我觉得你昨天说得对，绷着一根弦太难受了。”她笑，我抢过话头，“题，你还是要自己写，我还指望你能和我分到一个班呢。”

她扭过头，我发现自己耳朵根有点烫。

我参加了作文大赛，写了个小时候的内心世界，内心永远是那么不堪一击，但思想是不会死的。

其实有时候，我会想让那个卖手工艺品的小店多开一会儿。

# 孤灯

文♦铭清

第十九届全国新概念作文大赛一等奖获得者

若昏暗的路上只有一盏灯，那么就算这盏灯本身是昏暗的，它也会是明亮的。

灯光映射在空中浮游着的无尽尘埃上，勾勒出一圈浅浅的灰雾。那穿过了层层灰尘的灯光分散开来，笼罩了一片属于它的禁地。而这片禁地随着灰尘的浮动不断扩大或缩小，明暗的边界浮动着，像侵略者和守卫者之间的幼稚游戏。

几缕光丝投影在柏油路上，映出淡淡的棕榈色光泽，带着一种别样的魅惑感。

然而这条路上没有行人，现在没有，未来也不会有。

但它依旧是明亮的，不为行人，只是为了照亮这条路而明亮着。

若你曾尝试过一个人行走在夜晚的路上，看着周围的人群，或是结伴而行，或是行色匆匆。但你不像他们，你不认识他们中的任何一个面孔，你并没有一个明确的目标，你只是飘浮在那里，你只是在行走。

毫无目的地行走，就像鬼魂一样。

无论有月光或者是没有月光，都是一样的。不同于日光，月光是冷的，灯光也是冷的，就好像那黏稠而潮湿的阴冷空气，贪婪地吸收你体表的温度。

但却偏偏，还要给予你一种温暖的错觉。正是这种错觉让这种孤独和冰冷变得更加残酷。

就好像那些星星，明明离你那么遥远，却依旧会给予你并不孤独的奢望，和那些不曾存在过的温暖。

因为你在错误的路上，你应该走上那条路，去寻找那盏灯。你的人生会有那么一盏灯，那条只为你准备的路，那盏只为你而明亮着的灯。

于是你在寻找那条路，寻找那盏或许是昏暗的，但对于你来说，那会是最

明亮的灯。你希望那一盏灯的存在会让你的世界都明亮起来，就好像那朵玫瑰点亮了小王子的整个星空那样。

于是你加快了脚步，你不断地变换着方向，你遗忘了自己所走过的路线。因为你知道，如果你没有迷失，你是永远也走不到那里的。

如果你忘记了自己是怎么来到这里的，那么那个你，还是你吗？不过就算是没有刻意去遗忘，该忘记的还是会忘记的。因为记忆永远都是以貌似完整的样子展现在你面前，除了那些可怜的边角料你已经忘得一干二净，但你依旧以为你记得你的整个人生，一字不差的。

因为你还在奢望。

就像那盏灯在奢望着你。

你迷失在无尽的转角，就像那盏灯迷失在无尽的黑夜。

亲爱的，别傻了。这世上那么多的人，又有谁会专门为某个人安上一盏灯呢？温暖？这种奢侈的东西，从一开始就不是为孤独而没有方向地行走在黑暗中的人准备的。而我们，这样的我们，只能以这样的方式行走在这样的黑暗中。

然而那盏灯是存在的，你要相信这一点。那盏在无尽的黑暗中仅有的有意义的灯。

天使堕落，白色的羽毛会因此而染黑，纯洁的心灵会被污染。而凡人堕落呢？谁管呢？

何况我们不是凡人，我们只是幽灵。

ターミナル
手荷物受け取り所
P
L

*Part*

*2*

# 过客

生命是条太仓促的河

过客

青川

86路公车

# 生命是条太仓促的河

文 ♦ 刘宗珉

第十九届全国新概念作文大赛二等奖获得者

快乐追逐的身影，化作相互倚靠的沉默，幻化为匆匆离去手势的残影。直到别离，才明白他是先飞走的那只鸟，曾让我忘记鸟笼的存在。

当我还是个婴儿的时候，九岁的他缩着脑袋趴在床沿上，饶有兴致地看着我肉嘟嘟的模样，两对清澈如水的眼睛天真地对望。他胆怯地凑上来，快速亲了亲我的小嘴。

当姥爷又重提我和哥哥的儿时旧事时，我正无所事事地呆望着他手里接在水龙头上的长橡胶管，漫灌院子中间一小片亭亭玉立的葱。水透过那只从大铁壶上卸下来的锈迹斑斑的喷头，被喷吐成一道道莲蓬状的雨帘。

这些我根本不可能知道的往事，在岁月流转中一次次挂在姥爷茶余饭后砌满皱纹而愉快的脸上，含

混不清地隐匿在絮絮低沉的笑声里，其实不经意间早已让我了然于胸了。

“二十年了，连最小的孩子都长大了。”姥爷喃喃叹息着，听不出快乐与悲伤。

是啊，二十年了。恍如昨天的那些年，怎么在不经意间溜走了呢？

我回过神来，抬起头看到了久违的天空，万里无云，却没有太阳。

天真蓝。我想。

十多年前，故乡似雨似晴的天空还混合在我生命初期残存的记忆里。瓢泼大雨总在空旷而悠远的雷声从远方匍匐而至后紧临而下，先是零零星星的豆大雨珠溅在地面上漾成花瓣，大雨随即“噼里啪啦”地泼下来。我蹲在姥姥家的屋檐下，蹲在已被地面飞溅起的雨花浸透的台阶上，触摸着模糊的雨帘。雷声

雨声一起离我而去，最终留下水中乌黑发亮的沃土，漫天弥漫的纯粹而忧郁的黄色，延伸到目光无法企及的天际。天光笼罩着这座小城，定格在老照片中不可逾越的时代的昏黄，印入近在咫尺却被轻而易举遗忘的悠悠历史，然后悄无声息地与我们渐行渐远。

照片里那个毫无记忆的我对着镜头痴痴地笑，还拥有着那种孩子独有的天真烂漫。哥哥在一旁自娱自乐地踩汪洋里的波纹，高兴得简直闭上了眼睛，抿着薄薄的小嘴唇，就像个没见过世面的孩子坐在过山车上。他瘦骨嶙峋，身上套一件灰色的布褂，一对黑小的眼睛嵌在圆圆的脸上。他的模样总是那么温顺、老实，似乎透露着些许怯懦的自卑，总让我感到一丝可怜和同情。他那双小小的、真挚坦诚的眼睛总感动我心，多年来它一直回荡在我的脑海，在后来十七年的岁月中再也没有见到过如此澄澈的眼睛。

他踩起水花的瞬间停留在那里，在那消失的雨季，犹如狭小空间里束缚的孩子在密不透风的时光罅隙看到了静谧大海的模样。

晨曦浮动的微风里，幼年的我坐在姥爷的自行车后座上固定的花篮子里，捻着手中还有露珠的狗尾巴草，看着前面姥爷的白背心湿漉漉地贴在佝偻的脊背上，鼓起来又溻下去。来回摇曳的草帽，缓慢而和谐的嘎吱嘎吱声把我带向幼儿园和小学。

那是我极度任性的年纪，但长辈总是惯着我，当闹脾气闹到不可收拾的地步，姥姥就会说起哥哥，“你哥哥跟你一般大的时候，我让他罚站，他就老老实实低头站着，即使误会了他，也没有一丝怨言。他就低着头说：‘让我站，我就站着。’”听完我就哈哈乐了，感觉十分好笑。

他属羊，脾气也确如绵羊一样从容温和。瘦骨嶙峋的他，眼睛和嘴巴皱巴巴地缩在一起，好像什么事都委屈在心里的样子。听说小学时瘦瘦小小、畏首畏尾的他被排挤、受欺负，总是一副难过而又从不吐露的模样，看上去可怜兮兮的，直到后来他个子长得很高了，受欺负现象才结束。

像每个孩子内心总有个榜样一样，老实的哥哥始终是幼年的我崇拜的唯一对象。在他上学期间，只要他放学回到家里，我总喜欢跟在他屁股后面追着跑，什么也不想，什么也不问，咧着嘴灿烂地傻笑。而轻手轻脚出门的哥哥也总会很快发觉被我黏上了，苦笑着不停回头看我，似乎很默契。在他的眼中，我似乎是他肩头唯一一份沉重而幸福的责任。

在我痴痴的目光里，他挺直腰板，嶙峋的骨架努力挺拔着，抬起似乎总耷拉着的大头。他学着吃菠菜，以为如此他就可以像他崇拜的大力水手一样，实现他变勇敢变强大的梦想。他一次次在我身边张开收缩的骨骼，脸上露出刚毅决绝的表情，显露壮士断腕的决心，却一次次在众人嘲讽羞辱中暗自神伤，似乎因为那更加紧促的表情更让人觉得好欺负。

如今我和他顺着忘了哪年姥姥修屋时靠在南屋旁的梯子爬上来，靠着南屋顶的烟囱，看着万丈霞光在远天照耀，说起从前的事。当然，我几乎全然忘记了。

“刘总。”他调侃着，“你童年没了。”夕阳余晖里泛红的脸颊笑得像朵向日葵。多少年前老家的早晨，姥姥牵着我和哥哥，推开一扇扇千疮百孔的木头门，拜访简陋茅屋里温和憨厚的老人。他们和蔼地笑起来，满是沧桑的沟壑堆聚在老实巴交的脸上，轻叹着流浪岁月的疮痍。跨过小溪，在午后风吹草低的后山坡上，我俩奋力赶上姥爷大步流星的背影，回首着遍绿的田野和横贯的大路。西浮的夕阳，染遍悠云，踱过一个世纪的仆仆风尘，来到斑斓的如今。

桃花开的三月，淡粉的花瓣和着蜜蜂回环的轨迹融化在沁人心脾的幽香里。我看手握玻璃瓶的老哥小心翼翼地扣住微微颤抖的花蕾上的蜜蜂，装满一瓶后，再无比紧张地放在庭院中央，然后躲在门纱之后。曾经熠熠闪光的眼眸，随着黑黄相间的洪流往上涌去，看它们飞散开，幻化为璀璨的满天繁星。多年后坐在门外再抬头仰望它们，随着不再清澈的夜空，一次次地，混沌下去。

我已记不清今昔是何年，只能模糊地感觉在2015年、2016年、2017年左右，不刻意去记住，也不能记住。

写完作业，我把课本连同废纸混杂着塞进桌洞里，抬头看见黑板上方指着九点五十分的表。我守着一方空空如也却早已被随手的算式涂满的课桌，忽然有种莫名的空虚涌上心头。隔着一排排伏案奋笔疾书的人头，望见窗玻璃倒映着暗淡的教室，以及宛如调暗了屏幕的另一个未知空间里恰似笼中鸟的我们。

离开故乡五年后，这座曾令我魂牵梦绕的城市，如今用缥缈的雾霭阻隔我投向远方高楼的目光，也从未在最黑暗的夜空中透露出半点星光。

我忽然想起些什么。

2008年，三年级的我仰望着高三一米九的哥哥，在迷糊昏沉的午后，看他在蝉鸣里跨上黄灿灿的车子，推着车把上的铃，在清脆的铃声里渐行渐远。

每个日薄西山的朵朵红晕里，在姥姥家门前的水泥地上百无聊赖地呼唤楼上朋友们的我，不经意看见自行车上的他匆匆闪进大门，和风纵贯、落花纷飞的小道上，似乎还残留着招呼的手势。

不知从何时起，我开始沉浸于同龄人的天地，而他也已然身临人生节点的那几年。

我不再把安详午睡中的哥哥的两脚鞋带系在一起，也不再哭闹着要他裤腰上的塑料挂件。而多年以前，他总会搞笑地一蹦一跳，然后哭笑不得地解下腰间的小玩意儿。

后来每个漫漫黑夜，姥爷数着钟表一分一秒流走，在十点的钟声里站在寂静的公路边，如岿然不动的灯塔，迎着从学校归来的哥哥。自行车在夜幕中飞驰闪过，驶向更远处的家。

一段压抑的气氛里，愁容在每个人脸上荡漾，我仍会无忧无虑地呼唤朋友们，蹲着偷偷看姥爷和哥哥低声凝重地谈心。只是不承想，多年后的我会重新经历。

后来他走了，在一道去北京的欢乐中，他却沉默了。

金色大字的校园，从他迈入的那一刻起，从我在火车门前仰望这片阴郁而毫不知悉的天空时起，我看见姥姥门前消失的土路上，刚学会走路的孩子看着哥哥跑出去的身影越来越小，无助哭声里，他慢慢转过身，歉疚地跑回来，不知所措地留给我那双诚挚的楚楚可怜的眼神。而如今他终究没回头，他走进去，葱茏的树叶遮蔽了他长长的影子。一切都结束了。我突然发觉，我将在漫漫无期的岁月里，在从未意识到的狭小鸟笼里独自彷徨了。

但当记忆将亲临的漫长时光缩短，我忽然发现自己已经和那年的他一样在人生节点了，一样忧郁的心，终究感受到了那些痛彻心扉的情怀。

人生最悲哀的事情莫过于重复，重复一段他已历经过而你却需要沿道而上的路，当你发现自己已是当年的他，他已在多年以前离去了。人生总是一段漫漫无期的追逐，我们以同样的速度行进，中间始终隔着，那么多年。

那是我第一次听见他哭，哭得竟如此伤心。

高二暑假一个夜晚，月亮高悬，伶仃俯视着寂静的黑暗，远方丛杂斑驳的树影随风飒爽摇曳，玉兰树下落花纷飞。十七岁的我坐在门外和煦的微风里，看着屋里二十六岁瘦骨嶙峋的身影佝偻下去。

大学毕业后他坚决要出国留学，却被现实的经济压力重重拍下，只得在本校保送硕博连读。我还记得曾经正读博士的他万分感慨地告诉我，大学毕业后一定要出国，无论视野还是能力都将会是重大转折。

如今他哭泣着，我不知道他是否后悔自己曾经羞涩又自豪地宣布自己有了同校的女朋友，如今却悄然加固了生命的隔阂。他所追求的是自由的陪伴与冥冥之中的好奇与幻想铸就的爱情，而非父母眼中注定的婚姻与传宗接代。那晚，他第一次诉说他的观念，对于钱权世俗的蔑视，关于遥远的理想和他由衷的心声，温文尔雅，又与我志同道合。

然而在死寂中回荡的终究是哥哥的啜泣，以及久久不能消散的父母激烈言辞的回响。他弓着背，一圈红晕的泛着泪花又似干涸的眼睛睁着，贴近厚实的镜片，手里的小布一遍又一遍恍惚细致地擦拭着泪痕，仿佛在逃避什么。也许他知道，他的心再也不能自由驰骋了。

贫瘠的血脉，似乎永远会让无限希冀的远景迷茫，即使不曾有过卑微的灵魂。

长大后，两个坦诚相交的心灵，默契地共同将手臂伸向崭新的极乐未来。而漫长艰辛过后，命运却将他羁绊，快乐似乎与我们渐行渐远，直至倏忽不见。

我们日复一日地齐聚分离，然后年复一年，到达了同样的人生节点。一路走来，莅临孤寂的心终究领悟了同样的迷惘，才明白有些梦想只不过是曾无限憧憬的熠熠生辉的海市蜃楼，是终归化为泡影的巨大幸福，是迷途中获得光明的神话，终将归于虽短犹炽的幻灭。

我和他走在故乡昔日繁华、如今早已萧索的街道上，倾诉着时间带来的繁杂苦恼，他却释然一句："快熬过来吧。"

我忽然明白，九年之隔，时代之隔，我们，包括我和老一辈人，无形中已然成为鸟笼，一如曾经的尾随，误会的惩罚，内心向往与传统的矛盾悄然禁锢了他的心。

夜幕日复一日退去又升起，繁星渐渐隐匿直至永不再来，我似乎突然明白了为何那瘦弱身躯所承托的面庞总泛起泪花，为何沉默的绵羊总似把所有委屈深埋心底。在他蒙眬的泪眼中，一切都消失得太快。他曾想珍爱岁月中转瞬即逝的一切，包括那已然烙印在他生命中的悲哀的鸟笼，即使无法逾越的时代与年纪埋没了他未曾绽放的青春年华。

霞光照耀着大学的金色大字和这片亘古不变的土地，斑驳树影外少一人。也许十九年似箭光阴告诫他珍惜生命最后的自由。别回头。

他曾多想把自由给予鸟笼，给予我们，但除了正在成长的我以外，自由无法降临于任何人。他知道，历经艰难岁月的老人，只能是闪光杯碟间挪移的一双手，只能是黄昏中呼儿唤女的一个声音……

生命之河汩汩向前奔涌，我们含泪张望彼此渐行渐远的背影，却听不见任何声音。

我爬上姥姥家的南屋顶，独自靠着烟囱，看迷离中的万丈霞光。自我出生的九年后，我们在各奔前程的岔道上走散了；十七年后，我们在漫漫未来的憧憬里永远地，分道扬镳了。

但直到离歌声声，才明白他是先飞走的那只鸟，曾让我忘记鸟笼的存在，给我从未意识到的自由。

也许他知道注定有一天他将再回到鸟笼，沿着陨落的命运回到余晖中落寞的歧途。那条逆流而上的小舟，漫长艰辛后回首往昔岁月，却失去了触手可及的梦想。

于是在门关闭的刹那，他把祝福留给了我。

“快熬过来吧。”

诚挚得，一如我们曾经无比天真的对望。

# 过客

## 01

文 ♦ 张婳

第二十届全国新概念作文大赛一等奖获得者

去年秋天，我在学校外的一个小区里租了一间房子。房子在三楼，是个一居室，有独立卫生间，房东是一对六十岁左右的老夫妇。他们问我在哪里上学，我对他们说：“学校离这儿不远，过两条街就是。”临走时他们还嘱咐我，楼下住的是一位性格孤僻古怪的老太太，早晨和夜里最好不要发出太大的声音，我答应了。这间房子看来是上了岁数，木质的老地板，走动时要格外小心，稍微快一点就“咔咔”直响，拖地水没干的话，也许会渗透到楼下，而且没有阳台，洗完衣服需要搭在屋子里。这就有些麻烦了，我四处走动瞧了瞧，望见楼下的院子够大，估计可以扯一条晾衣绳出来。

房间只有一个朝北的窗户。天还热的时候，我喜欢开着窗户睡觉，这样凉快。接着转眼入冬，房间里当然没有暖气，为了避免感冒，我每天都把窗户锁得死死的，而且随时都穿着羽绒服。我和二楼的老太太碰过几次面，她大概六七十岁，白色卷发，个头不高，身体瘦弱。第一次遇见她是在某个下午，她在小区里遛狗，和我正巧遇到。她热情地问我：“你是最近新搬到楼上去的学生吧？”我笑着说是，问她是谁。她也笑着说：“哦！我就住在你楼下！”然后就牵着她的狗走了。走时嘴里还嘟嘟囔囔低声自语了一番，我当时以为她是在和我说话，回头一看，她已经走远了。

老太太不常出门，几乎每天都待在家里。所以我很少会碰见她。我每天早上八点要赶去学校上课，中午匆匆地跑回来吃饭（有时就在学校里吃了），下午两点半还要继续上课。一般我会在晚上六点到七点之间到家。我倒是经常碰见老太太的那条狗，它常常蹲在二楼的楼梯口，或是趴在楼下的草坪上，有时也会自己在小区里跑着玩。那是一条体形壮实的金毛犬，看样子已经成年了，它待人友善，性情温顺，从来都不冲人乱吠，还是比较招人喜欢的。

那天我试图在院子里扯出一根晾衣绳。老太太的狗在一旁趴着，看见我在扯绳子，忽然冲我叫了两声。不一会儿，老太太就从楼上下来了。她走到我旁边对我说：“这里不让晾衣服。管得严。”我只得就此作罢。

还有一次，我忘记了带家门钥匙。那时已是深冬，寒风刺骨，虽然我穿着羽绒服，但依旧被冻得瑟瑟发抖。我站在楼下抬头看了看，家在三楼，与地面还是有一定距离的。如果我贸然爬上去，手一滑就麻烦了。想给房东打电话，但是手机没电了。这时那位老太太牵着狗回来了。她好像是刚去过超市，手里提着两包东西。我有点不好意思地上前说：“那个……我忘记带钥匙……手机也没电了，能借用一下您的电话吗？”

老太太疑惑地打量了一下我，然后说：“我身上没电话。跟着我上来吧。”于是我就跟着老太太去了二楼。老人的家要比我住的屋大很多，里面没开窗，客厅有一盏吊灯和一台小电视机。她挥挥手让我先坐着，又问我喝茶还是喝水。我连忙摆摆手说：“谢谢，我不渴。”但她还是从碗柜里头拿出一只杯子，给我倒了一杯水。“电话在那儿。”她指着沙发的另一头。

那是一只普普通通的黑色座机。现在已经很少有人用座机了。我拿起电话，开始拨打房东的号码。响了几声后电话通了，我解释说自己忘记带钥匙了，现在在二楼。房东太太说一会儿来给我开门，我赶忙说谢谢。

老太太在厨房里忙活着，好像是在做饭。她的狗安安静静地趴在门口，微睁着双眼一动也不动。我觉得有些无聊，就坐在那儿参观起她的家来：茶几上摆放着一盆花，好像才浇过水；客厅四面的墙贴着浅灰色的碎花壁纸，受了潮的地方皱皱巴巴的，底部有几处已经非常残破了；沙发后头的两扇窗户上挂着一层浅紫色窗帘，右边则是放置杯子的碗柜；碗柜旁是一个旧式白色雕花大衣橱，旁边紧靠着一只黑色小木桌。物事虽然简单，但非常整洁。

木桌上面只摆有一张相片。我走了过去，靠近看了看。相片里是一对年轻的男女，看起来二十来岁的样子，季节应该是开春，他们身旁的花开得很灿烂。我又凑近了一些看，那个男生牵着女生的手，两个人笑得很开心。男生身材很魁梧，身穿白衬衫，浓眉毛大眼睛，鼻子高挺。女生则是一袭浅蓝色的连衣裙，一副羞涩的模样。我正盯着看，老太太忽然从我背后叫了一声：“别碰我的照片！”我被吓得连忙转过身来，在门口趴着的金毛犬也被吓得一激灵跳了起来。“对不起，我……我没有动。我只是看了看。这张照片照得真好。”我慌忙地道歉，两只手也不知道该往哪儿放了。她把手里端着的两盘菜放在茶几上，再慢慢地坐在沙发上，看了看我，说：“留下来吃饭吧。”我说：“不了不了，我一会儿回家吃。不麻烦您了。”她也没有坚持留我，只是又对我说了一句，一会儿可以下来，和她一起吃晚饭。

房东太太很快就到了。我和老太太道了别，回到了自己家里。送走房东太太之后，我终于躺在床上松了一口气。最终我也没下楼与老太太共进晚餐，那天我很累，早早地就睡着了。几天后的某个下午，是个星期天。我正在睡午觉，迷迷糊糊中听到外面有争吵声。起初我并没有在意，直到争吵声越来越大，我才忍不住出门看了看。是老太太在和一位物业管理员争执。听邻居说，老太太一定要让物业人员安装楼道里的声控灯，而物业一直推托，找各种理由不安。其实楼道里的灯已经坏了挺久了，从我刚搬进来的时候就是坏的。我一般回家都早，但也有特殊情况回来晚的时候，上楼梯时没有灯，看不清脚下的确很不方便。没想到，这样一个问题居然是被一位老太太解决的。她与物业人员争论了很久，最终物业的人碍于情面，答应下午就来安装。

后来楼道里就有声控灯了，虽然对我来说并没有很大的用处，但或许给这栋楼里的很多人都带来了便利。那位老太太是个好人。

## 02

我屋隔壁也住着一位学生。起初我并不知道我们还是同学。

那个时候已经下了两场雪了，天气冷得要命，早上八点的课经常有人缺席或是迟到。那天早上是一堂英语公开课，上到一半的时候，安静的走廊里忽然传来了急促的脚步声，大概过了三四秒，她气喘吁吁地出现在了教室门口，看起来累得不轻。可以想象她一口气跑上五楼的画面。她敲了敲门，在英文老师愤怒的注视中小心翼翼地走进了教室，随便挑了个位置坐下，正好在我前面。因为之前已经和她在小区里见过几面，所以我用笔轻轻地点了她一下，跟她打了个招呼。她也认出来了我，先是对我笑了笑，然后问："现在讲到第几页啦？"我低头扫了一眼页码，轻声回答："第96页。"

这时英文老师指着她说道："那个……那个刚来的同学，对，对，就是你，来回答一下这个问题。"她惊慌失措地站起来，手里还在胡乱地翻书，"嗯"了半天才说我不会。英文老师皱着眉头，很生气地说："不会的话，以后就要早点来上课！"她略带歉意地笑了笑，坐了下来，像什么都没发生一样，掏出笔记本在上面写东西。

下课后，我对她说：“真没想到咱们还是同学。”她也表示惊讶，说这是第一次在教室里看见我。我说：“那可能你很少来上课吧。”

果不其然，她确实很少来上课。除了考试，一个月最多来两节，而且经常迟到。她在课堂上也不怎么听讲，只是自己做笔记，好像老师讲的内容和她一点关系也没有。不过令人惊讶的是她的结课成绩很出色，在全班名列前茅。后来我问过她，她说她从小就精通英语，老师讲的对她来说太简单了，上次问题没回答出来，只是因为太仓促了。

我夸赞她是个天才。她吐了吐舌头笑道：“我理科很差的。数学一点也学不会。”我说：“我们都差不多。”

虽然住得近，但我们基本上没有一块儿回来过。她下午下课后还要去一家餐厅打工，晚上到家都已经八点多了。那天早晨我醒得早，想下楼转转，刚出门时看见她才回来，穿一身运动衣，大汗淋漓的。那时我才知道她有晨跑的习惯，冬天也是如此。能够在寒冷的冬季早起出门跑步，这需要莫大的勇气。我内心对她产生了一种由衷的钦佩。那天我们一同去学校，路上我问她是什么时候在这里住下的。她说住在这儿已经快一年了，最初刚入学的时候，在寝室住得也还行。后来宿舍外面开始修路，每天都会发出轰隆隆的噪声，因此她才搬出来住。我说我也是，仔细一问，原来我们的宿舍是挨在一起的，都临街。我说前一段时间街上修路，噪声很大，这也是我搬出来的原因之一。她问我还有什么原因，我对她如实说道，自己正在写小说，寝室里总是很吵。她听完后很诧异地问：“你还会写小说呀？”我解释说，自己只是偶尔写写玩玩的。她说她以前也喜欢写东西，有空多交流。

后来我们又找到了很多彼此的共同点。比如说都喜欢听音乐，都喜欢睡午觉，都喜欢看电影，等等。就这样，我们自然而然地成了很好的朋友。不过我们还是不常见面，她一人要打两份工，不仅下午要去餐厅，周末还要去帮几名初中生补习英语。有时我连续好几天都见不着她。

上学期过得很快，一转眼就要放寒假了。临放假前一星期，我回家时看见她正在往外搬东西。我问她怎么回事，她说自己就要搬走了，整整房间，这些都是不要的东西。她还说下学期或许会换个地方住，因为这里的房租可能就要涨价了。我帮她简单收拾了一下，把她整理出来的一大箱垃圾扔到楼下。收拾完，她邀请我进来吃饭。本来我是不想去的，但是她说："哎呀，我这次做得多，一个人也吃不完，你就来帮帮我嘛。"于是我就答应了。她先进了门，简单地把一些衣物挪到一边，招呼我坐下来。她房间很小，大部分空间都塞满东西。中间唯一的一片小空地摆了一只茶几，下头铺着粉色的地毯。茶几上的笔记本电脑还开着，电脑旁有一盆小仙人掌。她给我倒了一杯水，对我说饭马上就好，如果无聊的话可以先玩会儿电脑。我坐在了地毯上说："没关系，你慢慢忙。"

过了一会儿，她端了两盘菜出来，一盘炒鸡蛋，一盘糖醋排骨。然后她又在微波炉里热了热清蒸鱼和山药汤。我问："这都是你做的？"她笑着说："清蒸鱼是我从餐厅带回来的，上次没吃完，其他都是我做的。"我尝了一块排骨："味道不错。"她又笑了，她可真是爱笑。"都是我最近一段时间学的，你再尝尝鸡蛋。"吃饭的时候，我们聊了聊平时看的书和最近看的电影之类的。过了一会儿，我问她下学期想搬到哪里去。她说没有定，还在找。我说："你找到更便宜的房子之后就和我说一声，我也搬过去。咱俩还做邻居。"她笑道："行。没问题。"

后来我们聊起了楼下的那位老太太。我跟她讲起上次我忘带钥匙的情形，老太太最后要留我吃饭但我没有留。她笑嘻嘻地说："那我留你吃饭你就留啊？"我解释道："那咱们不是同龄人嘛，那位老太太人也挺好的，但就是，感觉和她一起吃饭有点尴尬。"

她嘴里正咀嚼着一块排骨，含含混混地说："嗯……也对。我也见过她几次……不过没有说过话。"我喝了一口山药汤，继续说："那次我去她家的时候，发现了一张相片，上面是一对年轻男女，衣着很有年代感，老太太估计就是相片里的那个女生，那个男生肯定就是她的丈夫了。”我又喝了一口汤，“我想……她丈夫去哪儿了？会不会已经去世了？”

“我不知道啊。”她也开始喝汤。我放下筷子说：“当然只是我猜的。好了，我差不多吃饱了。”我站起身，帮她把空碗放进水池里顺手洗了洗。重新坐下来后，我开始点评起她的菜来：“鸡蛋有些淡了，排骨也有点淡，不过口感很不错。汤很好喝。清蒸鱼有点咸，可能放的时间久了。回头你去我那儿，我给你做一次。”

“是吗？”她放下碗，“你这重口味还会做菜啊？”

我说：“嗯……会做一点点。”

后来我们又聊了好久，我才回去。次日清晨她就带着行李回家了，临别前给我发了一条信息。短信里说她早上七点半的火车。我在九点多时才醒，看见后给她回复：“嗯，路上慢点，有空一起吃饭。”

## 03

整个寒假，我都在写小说。

其中有一段时间，我很没灵感，于是就想出去走走。那个冬天我一共去了西安、开封、武汉三座城市。因为经济原因，我在每座城市只停留了很短的时间。在路上的时候，我会写一些心情散记，也会写一点游记随笔，写写删删，完成后发给她看。然后她对我说，如果还有时间的话，可以去她家玩。我说还是算了吧。我知道她家在沈阳，冬天能冻死人，我又特别怕冷，只想待在暖和的地方。

寒假过得很快，下半学期刚开学的时候，我回到了学校，续交了房租。房租并没有涨价，但她却搬走了。她搬到了一个离学校稍远一些的地方，理由是离打工地点近。

不到一个月，隔壁新搬进来一位留学生。我最初还以为他是美国人，和他交流过后才知道他是法国人。他长着一张棱角分明的脸，栗色略卷的头发习惯往后梳，一双深邃忧郁的大眼睛，看着你的时候总觉得他要对你倾诉些什么。我觉得他的长相已经很完美了，从外表上来看他完全就是一位优雅有风度的绅士。但其实他是个非常容易害羞的男生。第一次见到他时，他正往屋子里搬行李。我想去帮他，他却连忙对我说不用。但是我还是帮他抬了一些东西，他只是对我说谢谢（说了很多很多遍），其他什么都没说。之后我向他介绍自己，我说我是你的邻居，就住你隔壁。他又对我连说了好多你好，然后说了自己的名字。他的姓名实在太复杂，我记不住全名，只是称呼他为Simon（他的小名）。

Simon的中文水平比我想象的要好。他说自己已经在中国待了快两年了，已经很熟悉中国的环境。他和我不是一个学校的，但每天早上也是八点上课，所以我们经常能在上学路上遇到。经过和他的几次交流，我知道了他是学美术专业的，父母在北京也生活了两年多，很喜欢自己在家做菜，喜欢看动漫，尤其是火影。那天是我先问他："平时你喜欢看书或者电影吗？"他想了想说："我不怎么看电影……书……看得也不多。不过我喜欢动漫。"我说我也看过《火影忍者》，不过中间隔了好多都没看。他一脸兴奋地说自己可是从头看到尾的，一章都没落下。于是我们聊了很久火影。我说我最喜欢的是佩恩入侵木叶那一章，最喜欢的忍者是鹿丸。他说自己整篇都喜欢，每个忍者都喜欢。

一来二去，我们慢慢变得熟悉了起来。那时已经是四月份了，天气逐渐暖和。那天下午我没课，早早地回了家，走到楼道口时，隐隐闻到了一股菜香味，似乎是Simon家传出来的。没过多久，Simon就来敲我的门，说让我过来吃饭。我早就饿得不行了。一进他家里，一股饭菜香味便扑鼻而来。我问他："你做的什么，怎么这么香？"他回答说："等会儿你就知道了。"当他把两盘黑椒牛排、一份沙茶虾、两小份牛肉炒饭端上桌时，我都不敢相信这全是他一个人做的。他笑着招呼：“随便吃吧。一会儿还有蔬菜沙拉。”

我们坐在茶几边开吃，屁股下垫着一张蓝色的地毯。我边吃边说：“你知道吗？这间屋子之前是个女生租的。”

他摇摇头说不知道。我说那位女生和我也很熟，大概半年前吧，她也邀请我在这里吃饭。当时这里是一张粉色的地毯，而你换成了蓝色的。Simon说来的时候这里没有粉色的地毯，我说那可能是她带走了。

Simon确实是个动漫迷。我注意到他的书桌旁堆着一大摞漫画书。很多都是火影，也有其他一些我没看过的漫画，并且全都是中文版的。他的电脑旁边还放置着几个动漫手办，床头还贴着一张硕大的海报，海报上全是二次元人物。我逗他：“Simon，你该不会是个宅男吧？”他问我什么是宅男。我想了想解释说：“就是那些不习惯出门，很长时间都在家待着的人。”Simon摇了摇头，坚定地说自己不是。他的解释是：“我很喜欢跑步。”

这让我想起了她。我说，之前住这里的那位女生，她也喜欢跑步，尤其是晨跑。Simon听完又摇摇头：“早上太冷了！而且我起不来。我喜欢晚上去跑。咱们一会儿去吧？”我才发现Simon原来这么热情。我说今天太晚了，明天再去吧。他说也好。吃到一半我问他：“Simon，你今天为什么请我吃饭呀？”Simon淡淡地说：“今天是我生日。”

“是吗？”我有点惊讶，“过生日应该喝点酒才行。你等着我下楼买。你想喝什么酒？”

他连忙说不用，拉着我坐下。他说自己已经很多年没过过生日了，不用那么大费周章，也不要什么礼物。他说明天我能陪他去跑步就行了。我们把饭吃得一干二净，最后还吃了他准备的蔬菜沙拉。他的手艺很好，只是做得不多，牛排和炒饭的分量都很小，所以我并没有吃得那么饱。晚上我又和他聊了很多才回家。我们约好了明天晚上出门跑步。

晚上八点多，他来敲我的门。我换上了跑鞋，跟他下了楼来到大街上。今晚街上人不算多。他指着左边通往体育场的路说：“咱们顺着这条路跑。”我说：“都可以，我跟着你。”

我们刚开始只是慢跑，速度与路上的行人差不多。随后慢慢提升了速度。他真的很能跑，我这个人又好面子，本来以前跑步最多一口气跑个五六公里，但他丝毫没有减慢的势头，他不断加快速度，像个飞奔的毛驴，我只得咬紧牙关在后面追着。快到五公里的时候，我有点受不了，叫住了他，我问：“那个……要不要休息一下？我太久……没跑了……”他让我再坚持一下，说跑到前面的大厦就停。于是我就死撑着继续跟着他跑。但是他根本没说清楚是哪座大厦，我本来以为下一个大厦就是他口中的“前面的大厦”，可经过了三座大厦，他还是没有停下的意思。我实在扛不住了，速度慢了下来。他也意识到我的体力不足了，于是转过头，我还以为他要对我说停下来歇一会儿吧，但他却说：“快！就是前面了！”我坚信当时如果我还有力气的话，一定会冲上去打他的。

跑到九公里的时候，我感觉自己就快要脱水了，嗓子直冒烟，汗像泉水一般不断涌出。他忽然又对我喊了一句：“加油啊！”我感觉全身仿佛在燃烧一样。他的这声加油，或多或少给了我一些动力。过了几分钟，他终于停了下来，我也紧跟着停了下来，如果有床的话，我估计会直接瘫倒在上面。我气喘吁吁地说：

“你……你们……法……法国人……是不是……都这么能跑……”

“还好吧……我一般啦。”他回答得轻描淡写。

看看手机，我们一共跑了十公里还多一点。我从没一次跑过这么长的距离。我们基本上围着市区跑了一圈，最终又回到了住处。我累得不轻，随便找了个地方想歇一会儿，但被他制止了。他说刚跑完步立马坐下对身体无益（我是真的想打他了）。他还说：“很羡慕你们亚洲人，皮肤好，还不容易老。”我回问他："哪里好了，我还羡慕你们欧洲人呢，长得帅，腿还长，跑那么快。"他又说："哪里长得帅了，我不觉得自己很帅，我喜欢亚洲人。"

晚上回家时，他还热情地对我说一句："有空再出来跑啊！"我一声不吭地进了自己房间……

## 04

时间依旧过得很快。五月底的时候，Simon对我说，他就要搬走了，因为要毕业了（他比我高一届）。我问他有什么打算，他说可能要回法国一趟，自己已经有好多年没回国看看了。

我记得很清楚，Simon离开的那天是6月11号。我在日历上提前用笔标注好

2 A
2 B
2 C

了，Simon会在这一天收拾东西离开。其实我并不是想让他走，我只是怕我忘了。6月11号当天下午我送他去车站，他需要先坐火车去北京看望父母。到了车站，我们拥抱了一下，我说一路顺风，他说后会有期。

于是，我隔壁的房间在经历了两个主人以后，再一次空闲了下来。

我还是会抽空跑跑步（绝对不会再绕市区跑了），自己一个人做菜吃饭，偶尔看看电影看看书，按时上课，生活一切照旧。有时还是会碰见她——我的上一任邻居，但是自从她搬走之后，我们几乎就没认真聊过天了。我知道，距离会使人变得疏远，对于任何朋友都是如此。我依然在写小说，不过写得没以前快了，想到一些就写一些，有灵感的话就多写点，假若心情不好便关上电脑早早上床睡觉。我和Simon还有联系，他给我发了好多自己在北京照的照片，说下个月就回法国，问我最近怎么样，还说有时间了回来看我。我笑笑回复道："好，那我等你。"

临近放假，在完成了结课作业之后，我便收拾收拾准备回家。那天是几号我已经想不起来了，只记得是个午后，我预订的是下午四点半的火车票。我把很多衣服通通塞进行李箱里，又把一些书装进手提包中，背起背包下楼。经过二楼时，一个熟悉的声音叫住了我："小伙子……你能不能，帮我把这些东西扔到楼下啊？"

回头一看，果然是那位二楼的老太太。我有很长一段时间没见到她了。她微弯着腰，正艰难地把一箱杂物推向屋外，我连忙上前搭了把手。"您别闪着腰了。"我说，"我帮您吧。"

这箱杂物并不沉重。我让老太太在楼上帮我看着行李，我抱着箱子下楼。箱子里大多都是废弃物，有一些陈旧到快要散架的书、一些蒙上灰尘的相片、几枚破烂不堪的像章、几件不穿的旧衣物，等等。到楼下准备把箱子扔进垃圾箱里时，我才注意到在几件旧衣服的下面，压着一张我曾看到过的相片。我将上面那些破烂儿拿开，心里有点疑惑。没错的，是那张相片——那天我去老太太家时看到的相片，里面是一对牵手的男女，男生穿着白衬衫，女生穿着蓝色连衣裙，他们笑得很开心。但是，还是有一些不一样的地方。但到底是哪里不一样我却说不清楚，总感觉照片里的女生没有之前我看到的漂亮了。也许是相片上蒙上了一层灰尘。我用袖子擦了擦上面的灰，照片干净了许多，但总感觉还是缺少些什么。

我把所有杂物扔进垃圾箱里，只拿着这张相片上楼。在二楼楼道口，老太太扶着楼梯把手，还在帮我看行李。看见我走上来，她问："都扔掉啦？"

我回："没，还剩下这个。"

我把手里的相片递给她，但她没有接。她看了看相片，又皱紧了眉头："怎么不扔啊？"

"抱歉……"我说，"这张相片我上次看到过。我觉得照得很好看，为什么要扔掉呀？"

老太太沉默了。她那张衰老得布满皱纹的脸上没有任何表情，也不做什么回答。我觉得再这样下去就太尴尬了，于是说："如果您真的不想要，那我就去扔了。"刚想下楼，却被她拦住："算了！算了！给我吧……"

我把相片递给了她。她凝视相片许久，说道："你要走了吧？那……你路上慢点。"我不知道她是不是对我说的。老太太转身把相片捧在手中，然后缓缓地走回屋里。那张相片里究竟是个什么样的故事，我也许永远都不会知道了。但我也不想知道，因为我发现时间已经很晚，如果再不走就赶不上火车了。我拎起手提包，拖着行李箱，踏上了回家的路途。

# 青川

文♦半截

第二十届全国新概念作文大赛一等奖获得者

从窗外望出去，夕阳落在大地上，重重叠叠的山峦成了一本泛了黄的、有了褶皱的旧书。北方来的风儿虽然还很弱，吹不动稍大的桂树叶，但已经能够渗进路人的毛衣，本该在后院东蹿西跳嬉戏的花栗鼠也开始忙碌起来，有时候早起，青川仿佛能够听到它们在树洞中堆积食物的声音。晚霞飘到这里，从血红色渐变成了宝蓝色。不一会儿，便下起雨来。叶子坐在木桌对面，喘着气，用纸巾擦拭湿漉漉的长发，不好意思地说道："等了好久了吧。"

青川笑了笑，从口袋里掏出一块手帕递给叶子，她的脸上还透着一丝潮红。

"怎么想着这个时候回来了？"

今天是星期四，一个很平常的日子。去年搬来的邻居和往常一样，吃过饭，就从家的那头开始散步到另一头的车站；路过这家小店时，会乐呵呵地朝青川挥挥手。

“怎么，你不喜欢见到我吗？”

“当然不是。坐这么久火车一定很累吧。”

“嗯。但是看看窗外，时间就变得很快了啊。”

叶子从北部的一座繁华都市一路坐火车过来，绿皮车开了十多个小时。青川问为什么不坐飞机，叶子说因为只有这样，沿途的风景才会从高耸的雪山一直变幻到低矮的绿色小山丘。

两人相视一笑，不再说话。

雨小了一些，叶子低着头用毛巾把前额最后一绺头发搓干，右手随意地插进柔软的长发里，顺势捋了几下，然后挺直了腰，站起身来想随便倒杯什么东

西喝，就看到了对面橱窗里放着一只小小的闹钟，长着圆圆的脑袋，不易被人瞧见的粉色耳朵微微隆起，三根长短不一的指针被装在它鼓鼓的肚子里边。它跟某人印象中呆呆的不倒翁一模一样，但叶子知道，那是只可爱的小猫。她咯咯地笑了起来。

“你还留着啊。”

“是啊，就当是招财猫了。”

“这个样子，能行吗？”店里冷冷清清的，叶子皱了皱眉头，像是有点担心。

青川刚想说“当然”的时候，屋里推门进来了两个青年，一男一女，撑一把伞，亲昵的样子准是热恋中的情侣。他们嬉笑着问：“今天的奶茶还有吗？”

“啊……”青川居然一副恍然大悟的样子，“嗯，不好意思啊，已经卖完了。”

他身旁的女生用手肘戳了戳男生。

“那，老板您能再做一份吗？要是能有两份就更好了。”男生尴尬地挠着头，乞求道。

“哎呀，这个真的不行啊，如果可以的话，我也是很乐意的。”

女生有着一张红润的圆脸，稍稍高起的颧骨使其带有一点幼稚的味道。她冲男孩小声地哼了一下，迅速撑开小伞出了门。男孩连忙追了上去。等他们走远了，青川便在柜台后弯下腰，像是在找什么东西，脊柱清晰地顺着单薄的衬衣凸显出来。

街上的路灯此时开始一盏一盏由远及近地点亮，带有怀旧的气息。叶子眼里是男孩和女孩逐渐模糊的背影，恍惚间，她觉得自己还在上学，头顶生锈的电扇“嘎吱嘎吱”地旋转。

回过神来的时候，青川正小心翼翼地捧着一大杯什么东西朝她走来，步子小而缓。

“奶茶啦奶茶。”

“就是刚才他们要的那个？”

“是啊是啊。新款式哦，特地留给你的。”

“哈哈哈，你就不怕客人讨厌你吗？”

“快喝啦。”

叶子想起那个诚恳的青年，不露痕迹地白了青川一眼。小小地吸了一口，舌上瞬间铺满了牛奶甜腻的味道，之后浓郁的奶香在她不经意间悄然幻化成了淡淡的桂花香。

“嗯嗯，还不错。”

因为下雨，天黑得更快了。叶子走到楼梯旁，摁了一下开关又快速摁灭，心里默数了四个数又摁了一下，灯亮了，也没出现闪光。可是，除了灯下被照亮的一小块地方，别的角落里什么也看不见，还是给人以冷冰冰的感觉。叶子紧了紧橙红色的毛衣，双手贴在奶茶的杯壁上："想不到是秋天了啊。"

"嗯。一天到晚忙忙碌碌的，也不知道在干些什么。"

"今年秋天好像比以往冷上许多。"

"你怎么知道？都离开这么久了。"青川给自己沏了杯茶，呼呼地吹着热气。

"就是因为离开久了，所以一下子就感觉出来了啊。"

叶子是何时离开的？感觉像是在回忆几十年前的事了，什么也记不清，脑袋里只有一个模模糊糊的影子：画面中灰色的背景将他拉回到那段短暂而又冗长的日子，不由得摸了摸自己许久未剃的胡子，影子逐渐清晰起来，其中有个背影像叶子的，只是灵巧地盘在脑后的长发已经斑白，那唯一能够瞥见的左侧脸上也明显添了许多皱纹，变得不好看了。青川吓了一跳，叶子姣好的面容才又重新映入眼帘。其实坐在面前的她和离开时的她几乎没有什么变化的，就好像是她去了趟集市买红茶，堵车晚归而已，回来时仅仅多了被淡妆覆盖着的黑眼圈。只有三四年吧，他想，这样也够久了。青川想知道她是什么时候学的化妆，但又不想问。

“在那边还好吗？”

“如果工作不是很忙的话。”

“还是在做以前的活儿？”

“嗯。跟你一样，习惯了。”

叶子靠着椅背伸起懒腰，顺便瞧了瞧这间有些过时的奶茶店。里面的桌椅

都还是她离开前的款式。地板是木质的，一踏上去就会发出“咯吱咯吱”的声音，会让人想起古时舞姬拖着长长的裙摆，独自跳着的凄怆的舞蹈。墙面已经有些泛黄了，毕竟时间久了，哪怕是那会儿最好的材料，也终究敌不过雨水的侵袭。屋顶倒还是一如既往地露着毛边，待在里面就好像是住进了一只超大号的纸板箱。

那只静静地坐在壁橱隔间里的小猫“丁零零”地叫了起来，七点。屋外的小雨下个不停。

“和上次一样？”

“嗯？不，我请了假。想在这儿待上几天。”

“嗯，好，我这儿刚好有一间空房。”

“方便吗？”叶子稍稍侧了侧身子，只有时针转动的嘀嗒声。小小的屋子静得犹如哥特裸肩女王的城堡。

“为什么不方便。”青川端起桌面上空空的奶茶杯，进了厨房，“你还喜欢吃红烧肉吧？”

“是啊，怎么了？”

“因为我会做了啊。”青川“啪”的一声开了炉灶，有模有样地将五花肉倒进锅里，发出的噼里啪啦的声音让叶子觉得不太靠谱，他好像依旧只会吃红烧肉嘛。

“向她学了好几周才会的，尝尝吧，特意放了很多糖。”

25瓦的白炽灯有些发黄，估计是用太久了吧。也许正是这个原因，这碗红烧肉才显得有点“不正常”吧。所幸的是，叶子半夜没有拉肚子，跟着屋檐上的雨声，一觉到天亮。只是床不太舒服，而且还做了个长梦。

早晨，叶子出了房门，顺着盘旋的楼梯下到一楼，楼梯左侧就是厨房。青川正蹲在院子里的一棵树旁边。与周边其他树不同的是，这一棵的许多叶片边缘已经发黄。该是要落叶了吧？

“桂树？”叶子站在他身后问道。天气有这么冷了吗，她想。青川已经围上了围巾。

“是的，生病了，气温降得太快。”

“那它会变好吗？”

青川苦笑了一下：“你说的啊，从没这么冷过。说不准。”

她伸出指尖轻轻触了触那片枯黄的树叶，叶面上布满了冰冷的细小水珠，这才发现，远处的杉林已经蒙上了一层厚厚的霜，奶白色从最东面一直蔓延到西面的城区，像是刚下过一场小雪。

“今天不营业了吗？”叶子注意到了门上挂着的“暂停营业”的牌子。

“嗯。想出去走走吗？”

“不会亏钱？”

“本来也没多少客人啦。”

吃完早餐，青川递给叶子一件厚实的外衣，内侧绒毛氤氲着黄金桂的味道。

走在街上，叶子将冻红的双手插进衣服口袋里，青川脸上是一副“听我的，没错吧”的表情。

“去哪儿啊？”

高低不一的房屋稀稀疏疏地坐落在路的两边，宽阔的屋檐向外翻卷，门前的柱子被雨水浸泡过后已有些发霉的迹象，但正是因为这样，才使得现代民居显得更加古朴。要不是脚下铺着的水泥路，叶子真觉得自己是回到了古时候。

“学校改建了，想去看看吗？”

“嗯。你怎么知道的？”

“前阵子我去过一趟。”

“那，直树老师还好吗？”

“快退休了。”

“这样啊。”

在站台遇到了青川的邻居，一个和蔼的中年妇女，穿着蓝白相间的运动服。她结束了她的晨跑正准备回家。

“青川要出去啊。”她看了看青川，然后端详起叶子来。

“嗯。这位是我以前的同学，叶子。想带她回学校看看。”

“是女朋友吧。”邻居哈哈地笑了起来。

她的笑声就像是蚂蚁咬噬一般，叶子浑身刺痒，衣服也好像变得更厚了，热得她满脸通红。

“被我猜中了吧。”邻居盯着叶子的眼睛变得更小了，像一颗皱拢的胡桃，

“青川是个乐于助人的好小伙呀，每到下雪天，他会帮我扫掉屋顶上的雪啊，他是个好小伙。”

电车带着轰鸣声驶离了站台。因为是双休日，早班车的车厢里没有多少人，三三两两地坐在位子上摆弄着自己的手机。

青川坐在叶子的后面。

“她就是这样的。到了这个年纪的人都这样的。”

“嗯，我知道的。”

“其实她一个人也不容易。”电车上了高架，青川看着窗外，高架下有许多快速闪过的汽车，“老伴儿很久以前出车祸去世了，这么些年也没有多少人来看看她。”

“没有孩子吗？”

“有，感情不太好，大学以后没再回来过。”

青川说：“反正我觉得她人挺好的，整天都很高兴，有时候还会叫我去她家里吃饭。”

拐了几条有些陌生的街道，其繁华的程度让叶子觉得自己从未在这儿居住过。学校坐落在市区的西南角，走过一条柏油马路就是步行街。刚完工的教学楼已经有五层高，白色的油漆在阳光下显得异常刺眼。大门口的假山已经没有了，毕业照的背景里那鲜艳的花坛也移到了停车场附近。守门的老人换成了严肃的中年人，在进校的时候他板着脸让青川和叶子登记。

叶子逛几圈，找不到学校的食堂：叶子跟青川初次见面的地方。她排着长长的队伍点菜，付钱时发现没带够，慌忙地向身后的男生借钱，然后接过餐盘离开，这就是他们相遇的全过程了。不足之处是，叶子忘了问男生姓名，男生没有主动付款，直接结果是叶子还不了钱而且不好意思去还钱，间接结果是，传统的早恋套路在他们身上失效。不过没关系，这仅仅是剧情上的滞后。

“青川，叶子？”有人在身后叫住了他们。

“直树老师。你在这儿干什么？”

“退休了，回来收拾东西。”直树老师颠了颠怀里沉重的纸箱。

青川说：“啊，退休好啊，不用干活了。”

叶子猛地用肘尖撞了青川一下。

“哈哈哈，是啊。”直树老师毫不在意地笑了笑，“哎，你们什么时候结婚呀？”

电车经过一家游乐园，是上学那会儿春游去过的。人造的瀑布时快时慢地

倾泻，深蓝色的水如同从大西洋底部喷发而出。门口的柏树依旧常青。叶子想起了她的邻居和老师，还有昨夜的长梦。真的是烂片，快点结束吧，喂，还找什么票根啊。

晚上。淅淅沥沥的小雨落在院子里的桂树上，使其罩在了一层浓密的水汽之中，更像是飘浮在半空中。晚霞藏在灰色的云层后面，微弱地散着红光，天空浑浊。

青川望着桂花树说："是时候了。"

"我买了票，晚上八点钟。"叶子慌张地说道。

"哦。"青川顿了顿，然后转身进屋，拿出一杯奶茶，"最后一杯了。"

在叶子整理东西的时候，青川向邻居借了辆车。

虽然没下雨，但雨刷还是左右扫动着，老爷车这么多年下来，不太灵了。叶子垂着头坐在后座里，跟着车子上下颠簸。手里的半杯奶茶被她捏得紧紧的，她已经无力顾及窗外的风景，还有青川。

车子缓缓地停了下来，不是遇到了红灯。火车汽笛声远远传来。青川没有说话。

她说："不是，机场。"

叶子站在大厅里，不远处的青川走路时瘦削的身躯摇摇晃晃，她觉得很过意不去。她没能喝完那杯奶茶，还要让他替自己扔进垃圾桶里。青川回来的时候，怀里多了一只脏兮兮的流浪猫，很小个儿，应该是刚出生没几天的，它的胡须上粘着褐色的东西。那是她的奶茶。

他没有解释什么，笑了笑，和第一次送她离开时的笑容一模一样。

"据说今天有月全食的，貌似是看不了了。"

"嗯，下次吧。"

广播里播报起到达的航班来，与叶子略显凄切的声音重叠在一起，青川听不清她在说什么了。事实上她也没有说话。

一旁三个学生模样的女生"叽叽喳喳"讲话讲个不停，依稀能够听到"三叠纪""宿营""稿纸"这三个词，仔细点的话，可以发现她们只是在谈论一个话题，一个无聊透顶的话题。直到飞机检票，她们还没结束争执于灯光的明暗对写字者心情的影响。

检票了，青川说。之后并没有像以往那样再去抱抱她，只是静静地看着她，像是在等叶子别离。他什么都明白的，叶子想。就好像中学时寒假过完的前几天，叶子一言不发地坐在房间里，不论是天晴还是下雨，她都放着同一首曲子，不吃不喝地听上一整天。别人都在想叶子是不是得抑郁症了，只有他知道，自己仅仅是在减肥。

“我要结婚了。”

“好，知道了。”青川从包里拿出一只闹钟，那只放在玻璃橱柜里的小猫，“不知道会不会来，就当是结婚的礼物吧。”

“拿我送你的东西当礼物？”叶子接过它，“要补过的。”

“嗯，下次。”

飞机倾斜，隐入云层。

青川回到家，给小猫做了个暖和的小窝。

很快，冬天到了。那棵桂树算是彻底地死掉了，树叶一片一片地开始掉落。

奶茶店，青川把它关了。似乎一切都是萧条落魄的模样。

小猫开始长出稀稀拉拉的橙黄色毛发。

# 86路公车

文 ♦ 单三

第二十届全国新概念作文大赛一等奖获得者
第二十一届全国新概念作文大赛入围奖获得者

一如既往地下班，将重要的文件锁进抽屉，拿起要用的资料，边走边胡乱地塞进公文包。

走到办公室门口，同事的电话铃声响起。立刻转身回去，从桌子上捞起自己的手机，以一个熟练的姿势装进右边的裤兜，大步走了出去。

我在赶86路公车，我要挤上此时正值下班高峰期的航海路。

所以，几乎每天下午的六点半，你都可以在星海影视大厦门口看到这样一个西装革履的男人，他正丝毫不顾及形象地快步从楼里走出来，手里黑色的皮包鼓鼓囊囊，连拉链都来不及拉上。他在朝着航海路公车站牌的方向赶着，眉头紧皱，鼻翼有了汗渍。

如果这时有一辆车从他身边擦过、驶远，车身背后的光屏上闪烁着“86路，开往经南路公交车站”，你就能看到他紧张得咬起牙的样子。他会开始跑，拉扯着布料紧实的西装裤，费力地跑着，赶在排着队的人群陆陆续续上了车，车门即将关上的那一瞬间，冲过去，跳上车，刷卡，舒一口气。

今天怕是赶不上那班车了，返回去拿手机耽搁了时间，怕是不能在七点半之前赶回家了。

我从兜里掏出手机，打开通信录，想了想，还是给那个人打了电话：

“那个，我今天有一点事情，赶不上车了。晚一些回去，你们先吃饭吧。”

意料之中的唠叨声在电话那头响起，我摇了摇头，挂掉了电话。

事业家庭两败，真是荒唐又无奈的人生。

放慢了步子在沥青马路上走着，果真，刚走不到十米，那辆熟悉的86路就在我的视线里走远，赶着开始堵车前的那几分钟，迅速地停在站台边，司机吆喝着乘客赶快上车，扬长而去。

距离下一辆86路的到来还有五分钟，我不由得加快了脚步，即使心里知道它也许会被堵在哪个路口，还是条件反射般地像往常那样，拉扯着我紧实的西装裤，跑到了不远处的公车站，舒了口气。

堵车已是家常便饭，等真正刷卡上车已是七点十五分。

车厢里出奇地没有很多人，却也没了空着的座位。我随意找了个相对闲适的位置站着，低头整了整包里的文件，拉上了拉链。

将自己打理妥当，我开始仔细打量起坐在最前面的那个女人。

是的，从一踏进车门我就注意到了这个奇怪的人。

她穿着一身蓝色的工装，袖子挽得很高，左手拿棉签压在右胳膊的出血口处，胳膊绷得很直，右手握得很紧，看上去很慌张的样子。她不停地转着棉签想止血，却怎么也止不住。

应该是第一次抽血吧？是单纯的体检化验，还是……

我看着她的衣服，还有扣在腿上的那顶黄色的安全帽。这么一个女人出来干活谋生，怕是丈夫重病在身下不了床，家里的一亩三分地供不起吃喝，孩子的学费拖了又拖，走投无路了吧。

她让我想起1993年夏天，我的父亲。

那年我十六岁，算是争气，考上了县重点。

同年，北方大旱，地里的麦扎根不深，减产三成。

卖粮食的钱只能维持基本生活，我的学费成了一大难题。

父亲愁眉苦脸，拿着七毛钱的大前门蹲在后院一根接一根地抽。母亲看不下去，把父亲从地上捞起来，叹着气劝他去找我三舅多多少少借点钱救个急。

“那毕竟是他三舅，你这老脸再不拉下几寸，咱孩儿就真上不了学了。”

父亲转身看了看我，我低下了头。

“唉，走，去你三舅家看看。”

那是我第一次看到父亲如此低眉顺眼的样子。

“三哥，咱这今年的收成你也清楚，孩儿今年上学又急着用钱，你看，你能不能先借给我们点儿，回头让他娘把家里腌的大蒜给你拿一坛，正好你爱吃。”

父亲又从兜里掏出了那盒大前门，递到三舅嘴边，点上火。

三舅把烟拿开，扔到地上踩灭了火。父亲嘴唇颤着，握紧了拳，什么都没说。

“不是我不帮，我为了给他表哥托关系找学上，前前后后也花了好几百了，手边确实没多余的钱了。我知道孩儿上学着急，你急我也急啊，都没办法。”

父亲头低得更深，转身拉住我往外走。三舅的声音从身后不依不饶地响起：

“我这儿还有盒软中华，你不尝尝再走？”

我分明看见父亲佝偻的背一紧，加快了脚步。

进了家门，父亲扯掉了母亲手里掐着的辫子，踢翻了脚下泡麦秆的盆，脸憋得通红，咬紧了牙，却怎么也不说话。

我吓得哽咽起来：“爹，我不上高中了，我去读个中专，出去挣钱养家。”

父亲一脚踹在收拾秸秆的我的背上：“你个浑球儿！考个高中太容易了还是咋的？这学，我就是拼了命也得让你上！”

说完他走了出去。

母亲捡起那条没掐完的辫子，把一根湿麦秆搭上去，掐紧，左一轮，右一轮，直到麦秆长度不够，再搭上一根。像是什么都没有发生的样子，手却抖得厉害。

等父亲回来的时候已是傍晚，手里多了五百块钱。母亲看着那张卖血的单子，哭出了声。我看着父亲手里的钱，也哭出了声。

那天晚上，母亲破天荒地做了一顿大肉，满满的一盆肉，我一口没吃，父亲也没吃。

“你把右手松开，血就不流了。”

“刚才看别人献血觉得挺好的，我就跟着献了，谁知道这血咋都止不住，谢谢你了大妹子，我这第一次也不懂。”她说着红起了脸，松开了握紧的右手，冲右边的大妹子笑了笑，放下了伸直的胳膊。

听着这熟悉的口音，我竟忽然觉得，那个女人越发亲切起来。

我上了台阶，往车厢的最后面走，给刚上车的乘客留下足够的空间。

眼前靠窗坐着的女孩子突然站起，马上要下车的样子，又被旁边的男人拉住，坐了回去。

之所以用了“女孩子”和“男人”的称呼，是因为觉得这两个人之间有着很明显的年龄差。一个二十二三岁，一个三十一二岁——看上去差不多是这个样子。

如果不是看到女孩子没有激烈的反应，没有厌恶地甩开男人的手，我也许会下意识地觉得那个和自己年龄相仿的男人不是什么好东西。

“是不是过了昨晚，你就不会再爱我了？”

说这话的时候，她朝着男人的方向抬起了头，眼睛红红的，却没有哭。本来也是，人在很多时候，都是哭不出来的。男人伸手去揽她的腰，他放在她腰间的手尽可能地保持温柔，试图慢慢地把她揽进自己怀中。

许是多年积累下来的职业病，我对女孩儿的那句话有了兴趣。

过了昨晚，那，昨晚发生了什么呢？

男人躺在床上看着手机，女孩洗完澡裹着浴巾从浴室出来，侧身躺在他身边，看着他的侧脸，看着他那双刻意不在自己身上停留的眼。她收起了目光，伸手搂上他的腰。她拿掉了他的手机，努力地把自己所有的温柔和爱意表现给他看，他抱着这个女孩子，没来由地心疼。

这剧本里才有的场景在我脑中无比清晰地旋转着，我想起一个人。

那是我大学时代喜欢的姑娘，长发，总穿着浅色的长裙子，不化妆，永远都是淡淡的样子。我们那个年代还都是羞涩的纯情少男少女，稍稍说句暧昧的话就能脸红到耳朵根。

那些日子我的全部注意力都在她身上，她去了哪里，和谁一起，吃了什么……我会在下课后悄悄跟着她，看她进了女生宿舍才转身离开；会在看到女孩子喜欢的小东西时挑选着买下一些，托着一层又一层的关系送到她手里。

那时候啊，我毕业剧本里的女主角就是她，我在那个本子里怀念着那四年对她的爱慕，我大胆地把她写成我的，在那个虚构的世界里幻想着我们的爱情，甚至中间就有一段这样羞耻的戏码。

那个故事被我的评分导师给了优秀。可那个故事背后的故事，这辈子，都不会再有第二个人知道了。那个姑娘，也再没有在我的世界里出现过，像是从一开始就只是一个幻想。

这些事情啊，我都快忘了。果真是，往事不堪回首。

我看着视线左下方的这个男人，生出一种说不上来的厌烦。

他把女孩揽进了怀里，手扣上女孩的手放在她的腰上，一个极其亲密的姿势。他在她的耳边说着话，声音出奇温柔：

“昨天我们结婚了。你看，即使那么多人反对，我们还是走过来了。只是啊，我比你大了很多，做事不能再像你们这个年纪的小伙子那样不计后果了。我们熬过了压力，就没有必要再给自己制造新的压力了。别闹了啊，你往旁边看，现在车上不知道有多少人都正在看着我们呢。”

我识趣地又往旁边移了移，坐在他们旁边的那个人也尴尬地干咳起来。女孩脸一红，从男人怀里坐起来，侧身看向窗外。男人的嘴角勾起了笑意。

手机屏幕亮起，本来微弱的光这时候也变得异常显眼。

垃圾短信。七点四十分，天在不知不觉间暗了下来，第一次觉得，这走了一遍又一遍的航海路，竟然那么长。

十字路口的红灯人性化地越亮越久，拥堵的车龙开始变短，公车依旧在一点点地向前挪动着。

旁边有私家车摇下了车窗，开车的男人们三三两两点起了烟，各种烟的气味夹杂在一起飘散。偶尔有喇叭声、叫骂声响起，催促着车流龟速前进。车灯躁乱地照着城市慢慢入夜，车厢也一点点安静下来。

这时候的电话声显得格外突兀，所有人都看向坐在后门口那个位置的男人。

他头发秃了一半，四五十岁的样子，身上那套不知比我这套贵了多少倍的西装使他看上去和这辆公车有一些格格不入。至少我总觉得他应该坐在旁边那些私家车里，坐在后座滑着手里的iPad，然后和司机交代着明天的工作。

他接起了电话，压低了声音，试图缓和车里的奇怪氛围。

“小王啊，那个，我的情况你就跟大家说清楚吧，然后把公司财务能提出来的钱拿去，把大家最后这两个月的工资发了，多的就按奖金分配吧，再请各部门好好吃个饭，就散了吧。

“是我对不住那些员工，公司说没就没了，他们也不好再找工作，替我好好跟大家道个歉。

“你也是，我会跟老李商量商量，让他再卖我个人情，你以后就去他公司接着干吧。

“我啊，我之前留了不少保命钱，你们把自己顾好就可以了。”

大概是一个破产的男人吧。听着这些与自己毫无关联的话，我竟也莫名心寒。

白手起家，把自己的大半辈子拼进了事业，最后一下子输得一无所有，搁谁身上都难以接受。

男人自知不好意思地看了看四周，嘴角扯起一个寒酸的笑。他站起身，脱掉外套搭在胳膊上，拿着手机往后门走，我这才注意到，他的裤腿和皮鞋上，已是泥渍斑斑，说不上来的凄凉。

连下车的背影，都被这夜色平添了几分落寞。像是走着走着，就沉进了黑暗。

看着他狼狈的样子，我想起了我的女上司，那个一次次毙掉我的策划、一遍遍命令我重写剧本创意的女人。

有那么一瞬间，真希望她也能有这么一天，被公司辞掉，一个人离开——就在我想起她在会议上指桑骂槐地瞪着我，说要扣掉某些不好好干活的人的年终奖的那一瞬间。

不过说真的，我也是真心地希望她能回家过安生日子。毕竟这么多年了，女强人的生活我也多多少少知道一些，何况是这么个低头不见抬头见的女上司，她的好与不好我心里也明白得很。

每天起早贪黑地泡在办公室里，自己熬着夜加着班，电话一个又一个，还要抽时间去看我们交上去的乱七八糟的方案，再一份一份地想方设法帮我们改。这些年，连儿子的家长会都叫助理去开。一个女人，自己带着孩子，也挺不容易。

我突然想到，当她夜深回到家的时候，看到房子里一片漆黑，孩子早已在自己的房间里睡着，当她拿着钥匙去开灯的时候，那个身影，是不是和刚刚那个男人一样，落寞得有些疼呢。

可是想了这么多，我却也着实改变不了什么，依旧要把包里的文件改掉，依旧会在明天看到她那张冷漠的脸。

人各有命吧。

男人的座位被旁边一个眼疾手快的孩子抢了去。我动了动站麻的腿，所幸，现在的航海路已经不再拥堵了，不断加快的车速让人心情愉悦起来。

“航海体育场到了，请要下车的乘客准备好从后门下车。下一站，商英街，请在下一站下车的乘客提前做好下车准备。”

八点零五分。

司机麻木地按开了前后门，下车的人寥寥无几，于是车厢一点点拥挤起来。

“大爷您坐。”

“我不坐，我呀，让我老伴儿为我站这么多年了，这一回，我站着，我想站，站得心安。”

我低下头，看着通话记录里那个被去掉备注的号码。不知道她正在家里做什么，也许是刚刚辅导完孩子的作业，正刷着碗……

快了，终于快要到家了。

我把手机塞回右边的裤兜，手肘不小心碰到旁边的女孩子。

她正沉浸在自己的世界里，没有理会我小声的道歉。她淡淡地看着车里的其他人，看着刚刚的女人，看着那对老人，时不时地低下头思考着什么，咬住了下唇。她右手拿着手机，在备忘录里编辑着长长的文字。

视线停在我面前的这对情侣身上的时候，她淡淡地笑了，然后低头，在那个正在编辑的文本里又留下了几行，眼睛里有着别人看不懂的光。

我看着她微微侧过身子，我知道马上我们就会发生一场对视。就在那一瞬间，我慌乱地转过身，挤到后门口，在车到达商英街，车门打开的第一秒，冲下了车。

我舒了口气，终于呼吸到了新鲜空气。

不远处一个熟悉的身影走过来。

“怎么才到？”

“你一直在等我吗？”

“废话，我不等你谁等你啊，孩子早睡了，饭都凉了。”

“那走吧，我们回家。”

我拉住她的手，能感觉到她突然呼吸一紧，整个人顿了一下。我笑了笑，拉得更紧。

那辆奇怪的86路在我身后扬长而去，像是什么也不曾发生过。好像本来也确实什么都不曾发生过。

看着不断远去的那辆公车，我竟开始好奇起来，那个小姑娘，会给她眼中这个匆忙离开的我，留下一个什么样的故事？或者，又会想起她自己的哪一段人生？

我朝家走去，任由身后的一切在另一个剧本里继续发展，也许还有高潮，也许就此结局。后面的故事，你要问后来的人。

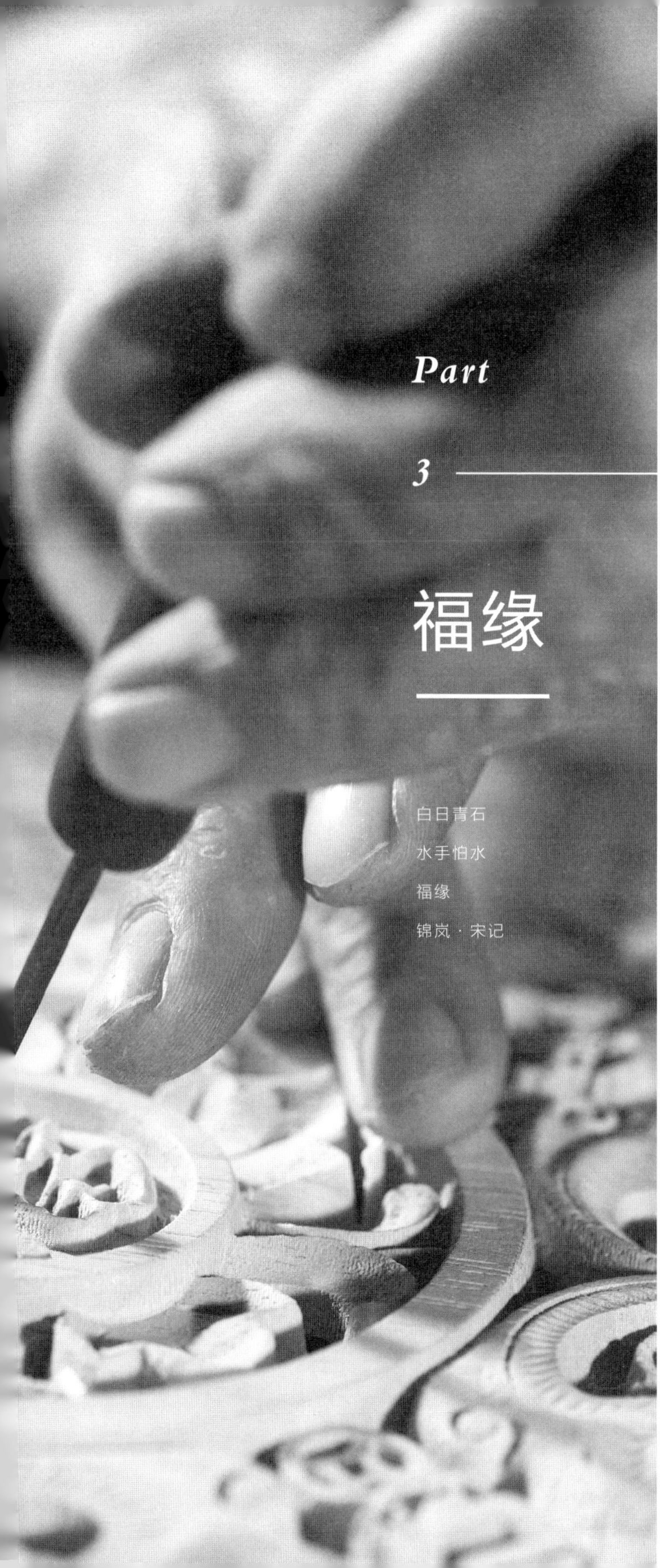

*Part*

*3*

# 福缘

白日青石
水手怕水
福缘
锦岚 · 宋记

# 白日青石

文 ♦ 吕梦婷

全国新概念作文
大赛一等奖获得者

## 01

不是春运，但小镇的火车站依旧拥挤得像开瓶的罐头。陶晴天只背了一个棕色的编织包，有些陌生地在撞来撞去的粗糙面孔和剥落的广告牌中寻找出口的标志。和来时城市的现代化火车站不同。这里没有秩序。没有指示牌。往来都是迫不及待跳出这里的本地居民。

走在昏暗潮湿的通道，潦草修筑的水泥路磕磕绊绊，像不太友好的招呼。陶晴天拉了拉肩上背包的带子，脚步有些急。小镇很小，也很绕。只是熟悉的街道和店铺都没变模样。仿佛十二年的光阴只是一阵轻薄的穿堂风。然而路人对于她的问路都是茫然的神情。物是人非。陶晴天想到这个悲伤的词语，迟疑了脚步。

她在街边一家馄饨摊儿点了一碗馄饨。用缺口的大瓷碗装。分量很足，葱花却稀稀拉拉。陶晴天舀

了一口浓郁的汤汁就没了胃口。她忍不住想起记忆的那一大碗馄饨，骨头清汤加新鲜的野菜碎叶。没有这么腻。她突然就开始害怕，害怕那个当年和她一起吃馄饨的男孩，也会变成她不喜欢的样子。

不会的。

她翻出包里一张折叠的字条。纸质毛糙暗黄，是廉价的作业本纸。上面用淡迹的铅笔画了两个简单的小人。一个扎辫子。一个短发。下面是用力写下的童稚的字迹：方青石发shi，永远保护晴天妹妹。不会写“誓”，拼音却也郑重得像承诺。

记得搬家时在旧旧的粉色卡通行李箱里发现这张字条，思绪一下子跑出去很久。她把它细细收藏，连同未做完的童年的梦。

小哥哥，你要永远保护我的呀。

## 02

七月。南方静默安睡的小镇。云层很淡。阳光不太烈。

陶晴天坐在颠簸的汽车里，满满的失望。没有妈妈说的漫天野花如童话，也没有爸爸说的会叮叮咚咚唱歌的清澈溪水。起伏的丘陵上缀着星星点点并不美丽的白色花，深色的水底是黏重的土壤，水稻在发芽。没有马车。也没有精灵。只有和土壤一样颜色的农人低头赤足。她一点都不开心。

“晴天，去奶奶家一定要有礼貌知道吗？”

妈妈一手抱着她，一手腾出来挪了挪位置。

“嗯。”

陶晴天漫不经心地应了一声，噘起嘴看向窗外。她想回家。可是她不敢说，怕爸爸会骂。爸爸不像妈妈对她宠溺，他回家很少，常常面无表情。坐在前排的爸爸自上车起就没有移过眼睛。窗外的风景像台风眼吸引他。或许对他来说是近乡情怯的故地重游，但陶晴天一点都不喜欢这里。

终于到了小镇的汽车站。陶晴天被妈妈抱下车，爸爸提着红色的补品袋子走在前面。绕过几条细巷，爸爸在一家有着大樟树的院子前停下。

院子的铁门没有锁，细细的瓜藤绕在上面探出头。陶晴天被妈妈牵着进去。小小的院子里种满了粉的白的月季和时令的瓜果。她挣脱开妈妈的手，跑到瓜架下。红色的小皮鞋踮起来，却也够不到那个未成熟的绿果子，倒是扯下旁边不少宽大的嫩叶。看着被汁液污染的小手，陶晴天下意识往衣服上一蹭。一低头，突然就看到泥土的边缘有一条铅笔长深棕色的生物，慢慢地起伏前进，缓缓进军她的小皮鞋。

“啊啊啊！妈妈，妈妈！”

陶晴天连哭带号地往屋里跑，却被妈妈一把抱住带了出来。她被眼泪噎住，愣愣地看着屋里爸爸坐在一把红木凳子上，拿手帕擦着一个黑白相框。旁边坐着一个相貌沧桑的中年人偷偷抹眼泪。

“晴天，你不可以进去，爸爸在谈事呢。你刚刚怎么了？”

妈妈揉了揉她的眼睛，小声地问。陶晴天委屈地指着菜园子，“那里，那里有个‘铅笔虫子’，好丑啊，好可怕。”

妈妈简单地望了一眼，陶晴天也顺着视线看去。一个比她大一点的小男孩正拿着一条蠕动的“铅笔虫子”，往小玻璃瓶里装。

“青石，你过来带着妹妹玩。”那个中年人从屋里走出来，招呼那个男孩。男孩把瓶子盖上，拍拍手跑了过来。妈妈像是松了一口气，摸摸陶晴天的头，也走到屋里去了。

陶晴天防备地退后一步。男孩穿着一件白色的小背心，胸前凝着不知是油渍还是汗液固结的痕迹，混在泥土污染的棕色里。他被陶晴天的目光烫得

发蒙，有些不好意思地抹了抹手上的脏污。小背心于是又多了一种灰扑扑的颜色。

“真脏。”陶晴天显然不满意大人们给她领来的这个玩伴。说着就跑到外面。她一回头，男孩跟在身后。陶晴天哼了一声，突然加快速度往巷子里面跑。视线突然开阔。绿色的水田扑闪着白色弱小的蝴蝶，有清凉夹杂在热浪里扑面而来。她呆站在巷后的田野前，一瞬间忘了身后的小追兵。

男孩湿红着额头走到她面前，从口袋里翻出一只蛐蛐儿，讨好地塞到她的手中。

“啊！”陶晴天猛地扔掉那个发出古怪叫声的小活物，吓得连连后退了两步，拼命甩着手。

“吱吱——”

蛐蛐儿在脚边蹦了一下，又叫了一声。陶晴天毫不犹豫地踩上一脚。

男孩心疼地蹲下，小心翼翼地拨弄着蛐蛐儿的胡须。无辜受害的蛐蛐儿脑袋歪向一边，扁扁的将军肚再也没了神气。男孩咬着嘴唇，眼睛里有一小团火焰照得陶晴天有些心虚。

“看、看什么看！”陶晴天自知理亏，但骄傲的虚荣心不许她低头。

男孩突然站起来，猛地推了她一把。陶晴天毫无防备地跌坐在地上，结结实实摔着了屁股。

“哇——啊——”

虽然并不太疼，但陶晴天还是小手撑地，哇一下大哭起来：“大坏蛋，你推我，我、我要告诉妈妈，都怪你！哇——”

清脆的哭声在田野里无限放大，男孩窘迫地看着她，急急忙忙捂住她的嘴巴。

“嗯，嗯！”陶晴天闻到一股腥草和泥土的味道，想到了蠕动的“铅笔虫子”，顿时瞪大眼睛，泪珠大颗大颗地往下掉。

好一会儿，男孩看她直翻白眼，才连忙松开手。陶晴天“呸呸”地抹着嘴，狠狠瞪着他。怕男孩再捂嘴巴，她学乖了不敢大叫。

“喂！”陶晴天拍干净小洋裙上的灰，心情稍稍平复。她觉得自己不该踩死了他的宠物，于是勉强自己软下语气，“我叫陶晴天。你叫什么石头啊？”

男孩似乎还在生闷气，没有搭理她，只顾往田里走。

“哎，我和你说话呢。”陶晴天噘着嘴巴跟过去，“小哑巴。”

小哑巴只顾往回走，陶晴天跟在后面有些踉跄。

“我走不动了。”陶晴天扶着石灰墙停下来，声音有些委屈。

小哑巴转过头看她，陶晴天的辫子有些散，眼睛红彤彤像熟透的荔枝，小手绞着裙子。他犹豫了一下走到她旁边，小心翼翼牵着她的手指放慢脚步。陶晴天孩子气地弯了弯眼角，看他黑色的眼睛。

“你到底叫什么名字呀？”

“方青石。”小哑巴终于开口。看陶晴天没太明白的样子，他蹲下来捡了一块石头，在墙上歪歪斜斜写上自己的名字。

陶晴天撇撇嘴，拉起他的手，“我就叫你小哥哥吧。”

方青石微微一愣，有些羞涩地想缩回手擦一擦上面的汗，但看陶晴天丝毫没介意的样子，睫毛垂下来，反手捏住晴天妹妹软软的小手掌。突然他听见某人的肚子不甘心叫了一声。

“小哥哥，我饿了。”

陶晴天很认真地看着方青石。他迟疑了一下，牵着她到巷外的馄饨摊儿要了一碗馄饨。方青石从口袋里掏出攒着买小卡片的硬币，咬牙递给老板，心里一阵疼。看陶晴天一副事不关己的样子把一碗馄饨吸溜喝了大半，方青石很不是滋味。

这大概是陶晴天最惬意的假期了。不用学舞蹈，不用写作业，还有一个小哥哥带她在院子里认识各种奇妙的东西。碰一下会缩成球的西瓜虫，红色多汁的树莓，傍晚会开的紫红色洗澡花……当然，还有始终不能摆脱恐惧阴影的“铅笔虫子”——蚯蚓。陶晴天每次都和小哥哥玩得脏兮兮的，饿肚子时才仰着圆圆的小脸跑回去讨妈妈骂。

但是，当神奇的小哥哥故作神秘地拿出一只小巧玲珑的纸风筝时，陶晴天还是没忍住地崇拜得两眼放光。小哥哥因为这风筝简陋，偷偷拿出来时还有些脸红。这风筝纸还是他撕了习字帖才凑出来的呢。陶晴天却是出乎意料地开心。她一直羡慕别的小孩子有一个不那么忙的、能陪着自己放风筝的爸爸，现在自己有了一个会做风筝的小哥哥，一下子就充满了优越感。她迫不及待拍着手让小哥哥快些放，可是偏偏奇了怪，小风筝磕磕碰碰，不是绕在错乱的枝丫沾了昨天的雨水，就是跌在扎着玻璃片的院墙上，灰头土脸飞不起来。方青石的表情也和风筝一样狼狈。毕竟是好不容易做出来的第一只风筝啊。他捏着纸风筝的一角，薄薄的纸面已经裂了一大块，纸圈绕着的小尾巴也被脏水弄得湿漉漉的。他忍不住有些心疼。陶晴天拉拉小哥哥的衣角，让他赶快再做一个。可是却被一声不吭闷头就走的小哥哥丢在原地。陶晴天很不开心，鼻子一酸眼泪就配合地啪嗒掉下来。

“呜……小哥哥不要我了，坏蛋……大坏蛋！”

前面瘦小的背影一僵，往前走了两步又停下来，还是无可奈何地回身牵住晴天妹妹的手。

“好，我回去再做一个。别哭了，好不好？”

陶晴天咧开嘴巴破涕为笑，撒娇地攥紧小哥哥的手，急急忙忙地拽着他往回蹦跶。

“不行！大哥你怎么可以这样，妈才走，你一回来就打房子的主意！”刚踏进院子，沙哑愤怒的声音就砸了出来。那个沧桑的中年男子涨红了脸皮，把桌子狠狠一拍，“你妈死的时候你不在，你说你生意忙，我不怪你。可是这老房子是你老陶家的根，你妈叮嘱我要替她守好，不能叫人拿了去！”

“你这些年替我照顾妈，我是很感激你，现在妈走了，我们老陶家的事，用不着你操心！再说，按照法律，这套房子也是我继承的，你也别老封建说什么根不根！”爸爸并不恼怒，反而笑着有些讽刺地抹掉桌上震洒的茶水。中年男子哆哆嗦嗦伸出手指，却半晌没有说出话。

陶晴天不知道小哥哥什么时候松开了手，异常安静地站在门槛外，深色的眼睛盯着泼洒的茶盏。陶晴天有些怯怯地看着门内，争吵的大人没有注意到她。她被突然一推，门槛绊住脚，挎着篮子的胳膊就狠狠磕在干硬的水泥地上，疼得她毫不犹豫地大哭。豆大的泪珠啪嗒啪嗒砸在地上，只模糊地看到妈妈跑过来抱起她哄着什么。

“你们把妹妹吓哭了。”方青石的谎言那么自然，要不是陶晴天现在疼得只想哭，她一定会揭穿小哥哥恶毒的面孔。

后来的几天，大人们似乎都异常沉默。

“小哥哥！”不满方青石总是发呆的陶晴天挥舞着小手，“你们怎么都不喜欢说话了？”

“你爸爸要把老院子卖掉了。”

“什么？那、那我就不能在院子里玩了？”陶晴天突然意识到问题的严重

性，张大了嘴巴。方青石没有说话。

“不要！我去和爸爸说。”陶晴天一脸正义地仰起脸，步伐铿锵地跑回院子。爸爸正在里屋收拾东西。

“爸爸！”陶晴天扑过去，“你不许卖房子！”

爸爸转过头看看她，眉头皱在一起，“大人的事情小孩子瞎掺和什么！”

妈妈拖着箱子走进来，刚好看见爸爸沉下来的脸，于是轻声问她：“你听谁说卖房子？”

“我、我……”陶晴天扭头往外看，却没有看到跟上来的小哥哥。她底气不足地后退一步。

“是不是大伯家那个男孩子说的？”妈妈看见她的躲闪，强迫陶晴天看着自己。

“哇——”陶晴天小腿一软，不知怎么办只好大哭。妈妈却没有如往常一样安慰她，而是狠狠打着她的屁股。爸爸点了根烟，看起来就像青面獠牙的怪兽。

坏人，坏人，都是坏人！

陶晴天直到离开小镇，都没有再见过小哥哥。他就像夏天里的树，起风时哗啦啦的热情，风止就安静得像个傻瓜。她还惦记着小哥哥会做一只新的会飞的纸风筝，她还想用颜料涂颜色呢。记忆硬生生断在那座南方的小镇，像灌了水被轰隆隆淹没。她的童年开始有了失落感似乎也是从那个七月的错误开始。

## 03

在夏天的尾巴重走这条路，十七岁的陶晴天不再穿花裙子，也不再蹦蹦跳跳地走路，她一步一步数着地上的石板，嘴角抿起来就像在靠近一个神秘的冒险。当她看见那个有强烈熟悉感的人站在电线杆下时，依旧猝不及防。

她冲动地跑了几步，又突然不好意思地慢下来。

“小哥哥。”陶晴天有些生硬地叫了一声。

方青石点点头，有些尴尬地笑笑。方青石高出陶晴天一个头，两个人一前一后走着，整体的画面有些违和感。陶晴天僵着嘴巴，不知道说些什么。幸好也不算太远。方青石推开一个简陋的大铁门，普通的两间平房，剥落的石灰墙。院角堆着空酒瓶和压扁的纸箱。但是不大的门前空间划出一块地，种满了挨挨挤挤的花，异常灿烂。

“老房子卖了以后，我和爸就住这里。”

方青石轻描淡写的语气，陶晴天却愧疚不安。爸爸当年还是卖掉了老房子，作为补偿，许诺每个月给大伯家一点补贴。但是连这样微薄的钱，后来都不了了之。当陶晴天长大，她开始因为踏入成年人的世界感到羞愧。

“嗯……大伯呢？”陶晴天转开话题。

“他在屋里睡着。等下晚饭的时候再叫醒他。”方青石轻轻笑了笑，“你随便逛逛吧，不过要小心花丛那里有蚯蚓。”

陶晴天扑哧笑出来：“我现在已经不怕蚯蚓了。”

“长大了嘛。”

陶晴天坐在台阶的竹凳子上，像抱奶瓶一样握着小哥哥煮熟的玉米棒子小口小口地啃。慵懒的云温柔低垂，风轻得像呼吸。只有在这里才会有的吧。

厨房的炊烟四散在薄暮里，香气四溢。

方青石拿了两个干净的碗出来，递给她一个叮嘱她不用客气先吃，用缺口的那个瓷碗盛了一碗细米粥进了里屋。

陶晴天捧着热的米粥，夏天的新米结着薄薄的一层膜，里面贴心地加了虾皮和切碎的葱花，简单却精致。陶晴天用舌尖点破米粥上的膜衣，新鲜的米香刺激着味蕾，她忍不住嘬了一口，烫得她直哈气。稍稍吹凉，就迫不及待喝完又盛了一碗。

“啪。”

碗碎的声音。

陶晴天吓得手一抖，差点也把手中的碗摔了出去。里屋又没了动静。陶晴天放下碗筷走到里屋门口，正好看见蹲在地上的方青石。她走近，光线昏暗潮湿的空间里，一张木板床占据了三分之二的地方。床上躺着一个瞪大眼睛呼吸急促的老人，头发稀疏，皱纹爬过额头和眼角像木刻般僵硬。床旁边坑洼不平的水泥地上铺着一块旧竹席，方青石正捡着上面泼洒的米粥里夹的碎瓷片。陶晴天伸手想帮忙，方青石淡淡地拒绝了。

“这是我爸。偏瘫。”

寥寥的介绍，但每一个字都加深了陶晴天的负罪感。她站在靠门的角落，看方青石利落地收拾好又盛一碗粥喂着大伯。明明只是五十岁的人，看起来格外衰老。大伯像个小孩子含混不清地说着什么，喂进去的粥汤不断漏出来。方青石耐心地哄着，用湿毛巾替他擦拭起皮的嘴角。

给爸爸喝过米粥、吃过药，方青石松了一口气，就着有些凉的米粥胡乱吃了晚饭。陶晴天像个误入的角色看着曾经熟悉的小哥哥，变成眼前成熟却陌生的沉默失语的成年人。她觉得羞愧。为自己，也为自己的父亲。

“小哥哥。你恨吗？”

“恨。”

正在洗碗的方青石没有抬头，仿佛刚刚那个字只是耳畔一缕无足轻重的风。清水在他修长但粗糙的指间缠绕，不染一尘，却也凛冽得像凝固的空气。陶晴天哑口，站在那里沉寂成一棵树，一棵不会说话的树。方青石拾掇好碗筷进了里屋。把晴天一个人丢在院里。

站成树的陶晴天鼻子一皱，眼泪绕着眼眶兜转，终于还是倔强地隐忍回了肚子里。小哥哥怎么会丢下晴天妹妹呢？小哥哥不会丢下晴天妹妹的呀。十七岁的陶晴天藏着五岁的心思，又忍不住酸了一下。可是她又没有理由怪，没有理由任性撒娇耍小脾气。十二年的变故划出一条银河，把曾经亲密的距离占有。她抱着胳膊坐在吱呀叫的瘸腿板凳上，一不小心就做了个梦。

梦里是她离开小镇的前一个夜里，她趴在床上，肉肉的小胳膊上还有爸爸盛怒留下的瘀青。她不觉得疼，她只记挂着小哥哥说的要卖老房子的事。可是为什么一向宠爱她的爸爸会那样凶？她听见窗外有一些声响，窸窸窣窣。她没有在意。也许是妈妈说的小虫子在咬窗户纸吧，思考问题的陶晴天才不会被这种小事情打扰呢。然而那窸窸窣窣又响了起来，而且好像很近，甚至窗子上有了摇曳的黑影。她开始有点害怕，不自觉地把脑袋慢慢缩进被子里。什么妖魔鬼怪啊吓人的故事一股脑儿从记忆里冒出来，陶晴天把脸紧紧埋进枕头。

“啪嗒。啪。”有节奏的敲击声。

“啪嗒。啪。”陶晴天竖着耳朵，悄悄探出头。

“啪嗒。啪。”

声音断了。黑影又摇晃了起来，很快却又安静。一种奇怪的冲动让她钻出被子贴着窗户。本应冰凉的玻璃异常温暖。

哎？陶晴天蹭了蹭痒痒的脸颊，睁开眼睛。像是刚刚回到了小时候，连做梦都那么自然。她想站起来揉揉麻痹的胳膊，一件格子棉布衬衫从肩头滑下来。

小哥哥。

她默念着久违的称呼，好像风也柔软了一些。紧紧抱着有温度的衬衫，那种旧旧的却很干净的棉布味钻进鼻子里。

里屋里，熟睡的老人正歪头打着鼾午睡。厨房里还有大锅饭的余香。院子里只有安眠的花草。陶晴天抬手看了看手表，快要赶不上最后一班去火车站的大巴了。或许可以这样不打招呼地离开吧。她有些失落地低下头。突然眼睛被覆上手掌，温度传感到皮肤再传到心里。

“眼睛闭好咯。”小哥哥的声音贴着她柔软小巧的耳朵。陶晴天于是很乖地没有乱动。

“睁眼。”

掌心移走，温热散开。一只精致的纸风筝占据了所有的视线。陶晴天一时发愣，忘了惊呼。小哥哥没有说话，只是把风筝轻轻塞到她的怀里。陶晴天低下头，手指摩挲着风筝的纸面。风筝很简单，却因为纸面上渐变的蓝色而特别，就像天空坠下一小块。

“那时候你哭着闹着要一个能飞起来的风筝，后来我做了好几个都没有……可能是我太笨了吧，后来终于有一个勉强能飞，却因为梅雨天受了潮。你说今天要来，我就昨天晚上临时做了一个，只顾着上颜色也没有试试能不能飞起来。姑且留个纪念吧。”

## 04

在小镇破旧的月台，陶晴天小心翼翼抱着纸风筝，一只手还握着小哥哥临别在小店买的冰激凌。这里的每一条裂缝，每一张褶皱的报纸，甚至是坏掉的长凳，都变得亲切可爱。

“呜——”

长长的汽笛声带着隆隆的震动滚来，纸风筝的尾巴被裹挟而来的呼啸扬起，在眼前打着转儿。只是一瞬间，仿佛那年遗憾的五岁，缺了角的夏天，都被风吹成了一只会飞的纸风筝。这纸风筝转呀转，越过火车，穿过栅栏，钻入云里，燃进太阳。手中的冰激凌，化了。

# 水手怕水

文♦一匹马赛克

第十七届全国新概念作文大赛二等奖获得者

每次遇到漏小尘就没好事发生，这是季君雅生活的三大定律之一。刷地铁票永远要刷第二遍才能通过，排队总是会选到进度最慢的那支队伍，班主任抽查错题集的时候自己的本子一准儿会落在家里，诸如此类，真是邪了门儿了。漏小尘，这个扫把星！季君雅真想把这个名字、这个人、这种奇葩生物，驱逐出自己的生活！

只可惜，“想”是一回事，“做”又是另一回事，并且这是个心想事难成的时代。

**扫把星君**

班主任老鱼头又慢悠悠地踱步过来发模拟试卷了。升入高三，没完没了的试卷就像纷纷扬扬的雪

花一样，飘落在每个人的书桌上，堆积成座座荒丘。老鱼头发完试卷，慢悠悠地踱出了教室，见他人已走，大家都准备放声哀号。

漏小尘是最先也是嚷嚷得最大声的那个：“唉，真是没天理，没人性啊，试卷也是要用纸印的，要用纸就得先砍树啊，现在森林资源多宝贵，保护树木，得从我做起，没有买卖就没有杀害啊！”

他还没喊完，全班突然瞬间陷入真空一样的寂静——老鱼头这只老狐狸居然玩了个回马枪，杀回来了。

“怎么着，是不是嫌试卷不够多，做得不过瘾啊，漏小尘？既然你都这么客气了，我又怎么好意思拒绝你的热情呢？马上来我办公室领取额外的真题大礼包一份，加量不加价哦。”老鱼头眯缝着眼，用一种没吃早饭的语气哼哼道。

大家心里正幸灾乐祸呢，可是还没来得及窃窃私语，就听见几声爽朗的大笑拔地而起，直冲云霄。在班主任的气头上还敢笑得这么开心，真是英雄！大家都在心里默默点了个赞。

老鱼头感到自己的自尊心受到了重创，不由得皱眉大吼：“谁！刚才谁在笑！”

“该死的漏小尘！”季君雅在心里暗暗叫苦。漏小尘被罚，全班最开心的当然是她了。可是她怎么也没想到，自己居然高兴得心花怒放了，窃喜的笑声到了连收都收不住的程度，直接就冲出了喉咙。

于是，事情就发展成了现在这样：季君雅和漏小尘一人领了一份厚实的真题大礼包，坐在了回家的地铁上。

漏小尘嘻嘻哈哈地扯了扯季君雅的头发：“哎哟，季老师，您也有今天啊。”换来的是季君雅一个恶狠狠的白眼。

漏小尘总爱叫她季老师，这称呼小时候就开始叫，一直延续到高三。季君雅非常讨厌被人叫成是“老师”。一听到这个词，她就想到自己的老妈。季君雅的妈妈是这所中学最凶的教导主任，手下管着一大波老师，“战斗序列”包括：语文组组长、数学组组长、英语组组长、理综组组长……

经常有同学羡慕季君雅是“书香门第”，家里不用请家教，作业不会做也可以随时问。季君雅自己却是有苦说不出，不用请家教那是因为本姑娘我天天都在被“家教”啊！作业不会也不敢随便问啊，以老妈的脾气还不劈头盖脸教训一顿：这种题目都不会做，你说你上课都在干吗，都不听的吗？

生活的矛盾之处就是这样，季妈妈老是希望季君雅成长为一个知书达理、温文尔雅、兰心蕙质、落落大方（此处省略一百个形容词）的淑女。不幸的是，季君雅的天性和她的名字相冲，就是“贤惠”不起来。好在季爸爸倒是挺开明，平时不怎么管女儿，也不对家里的事情多发表意见。

不过，一提到漏小尘就不一样了，老爸总是会笑眯眯地询问：“今天有没有帮帮小尘啊，他成绩不好，你就多教教嘛。”季君雅总是没好气地回一句：“他都多大了，还用我管着他啊！作业自己不会做吗？真是！”

季君雅确实不知道自己上辈子是得罪了外星人还是毁灭了银河系，居然和这个扫把星有这么段“孽缘”。

从小到大，常常听老爸讲，自己和漏小尘是同年同月同日同时生，甚至还是同时推出产房的。这也太狗血了吧，怎么会这么巧。季君雅坚决不信，谁知道老爸又在瞎编什么故事。

总之，今天又被漏小尘拖累了，这么大一包试卷，真不知要做到何年何月。如此大仇，焉能忍气吞声？有没有什么办法可以治一治漏小尘这家伙呢？季君雅想到了一个人。

这个人与季君雅生活的第二大定律有关。

在这个世界上，总有一类人，对数学是有免疫排斥的。无论她们怎么费尽心思、用尽心力，那些立体几何、圆锥曲线、迭代函数，就是傻傻分不清，这类人通常被称为“数学白痴”。季君雅就是千千万万数学小白中的一个。她怎么也搞不明白，同样是一个大脑、两只眼睛、一个嘴巴，为什么自己做得痛苦万分的解析几何在有些人看来，就是和打游戏一样简单呢？

自己当初被逼着选了理科班，物理和生物倒还好，就是该死的数学，总是像一块狗皮膏药一样贴在身上，甩也甩不掉。好在理科班里的人，语文和英语普遍很差，而自己的语文和英语从小就是强项，两下一中和，班级里排名还算可以，否则，老妈又要开始唠叨不停了。

然而，无论季君雅怎么努力，这数学成绩总是好不容易上去了又很快掉下来。相比而言，另一个家伙做起数学题来，那可就是虎虎生威，信手拈来了。

此人就是数学社里大名鼎鼎的沈不知。

沈不知可不是那种一问三不知的人。相反地，在这所中学，他被称为“沈半仙”。什么老鱼头和他前妻闹复婚这种犄角旮旯的八卦他都了如指掌。据他自己讲，他父母给自己起这个名字原本是希望他能恪守低调，神不知鬼不觉地度过幸福的一生。不过可惜的是，沈同学的表现和父母的期许不幸地形成了反比例函数。在学校，一提起最能出风头的人，沈不知认第二，就没人敢认第一。

擅长数学、精通八卦，还要在理科班中组建文学社、办刊物，刊物的文章还要打败文科班的文学联盟。沈不知就是有这样的自信，他也正在一步步实践着。对，就找他帮忙，一定能好好整整漏小尘。季君雅正想着，头一歪，只觉得被什么东西扯了一下，发梢也被地铁扶手缠住了。

"哈哈！谁叫你想东想西，头发被绑住都不知道。"

又是漏小尘！

真是哪壶不开提哪壶，季君雅简直是愤怒到了极点，正巧漏小尘又来拌嘴，于是也顾不得什么公共形象了，在地铁上就和他大吵特吵起来。

可能是今天早饭匆匆忙忙没吃，血糖有点低的缘故，加上现在急火攻心，季君雅吵着吵着居然眼前天旋地转，接着就什么都不知道了。

也不知过了多久，睁开眼睛一看，季君雅发现自己正躺在家里那张温暖的大床上。漏小尘那张阴魂不散的脸正笑嘻嘻地盯着自己，差点又给气晕过去。

"漏小尘，漏大少爷，我求求你了，真的，我给你跪下行不行，求您老人家别再出现在我面前了，本姑娘认输了！"

"唉，可千万别呀，虽说是男儿膝下有黄金，可是女儿膝下搞不好也有青铜呢！可不能随便跪。"

季君雅知道自己说不过他，便不吭声，只是气呼呼地扯过被子，蒙头就睡。

耳畔是爸爸的声音："小雅，怎么这么没礼貌，你晕过去还是小尘背着你一路把你送回来的。也不知道谢谢人家。"

呵呵，还真是得好好"谢谢"他。

**白居不易**

沈不知的"八卦阵"每周一都会爆料一个劲爆消息，这回的新闻是——漏小尘居然住校了。一开始大家还不相信，但是听说他连校牌都上交了时，连隔壁班的人都开始议论纷纷起来。

季君雅也愣住了。不过，她只愣了三秒就露出了神秘的微笑。

“哈哈！原谅我不厚道地笑了，漏小尘，你也有今天。”

沈不知果然是万事通，居然连漏小尘的漏洞也知晓得一清二楚。原来，在一次玩真心话大冒险的时候，漏小尘脱口而出，说自己最怕的东西是水，这辈子都不会去海边，就算是游泳池也不去。

就是这么一句无心的话，普通人可能听听笑笑也就过去了，可沈不知不是普通人。一回家，他的笔记本上就又添了一条：漏小尘，致命弱点，水。

季君雅就买到了笔记本上的这张纸。可别小看这张纸，它可是足足花了季大小姐两个月的零花钱。

说到钱，从上个学期转学到这周为止，漏小尘足足在自己家白吃白喝白住了一百五十三天。

其实，刚开始知道漏小尘从老家转学来可能要住自己家里，季君雅根本就不敢相信。不是吧，小时候被欺负，长大了还要受这小子的气。

但是爸爸就是这么好说话，居然就答应了漏小尘妈妈的要求。

爸爸真是个老好人啊，季君雅不禁深深感慨。

这话可不是乱说的，记得那次，季爸爸被一个骑着电动车的毛头小伙子一下子撞倒在地。他开心地笑笑：“运气太好了，我这叫被青春撞了下腰。”虽然现在家里条件比小时候好多了，但是季爸爸还是提倡节俭。有时候，便宜的自助火锅也能被他吃得有滋有味，好像在品尝法式大餐一样。

至于季君雅，她当然不会给住在自己隔壁房间的漏小尘好脸色看，何况，这小子还每天跟着自己上学放学。

记得那次，漏小尘正写到语文名句默写常考的那句“孤山寺北贾亭西”，还坏坏地叹了口气：“这白居易写诗不易，我漏小尘屈身，居住在你季大小姐家，也是不易啊。”

不管怎么说，漏小尘终于搬出了自己家，这真是件可喜可贺的事。

也许是生自己的气还是其他什么原因吧，住校后的漏小尘有些闷闷不乐，季君雅几次和他打招呼，他都爱理不理，装作没听见一样。

季君雅感觉他很莫名其妙。不过话又说回来，漏小尘做过的莫名其妙的举动还算少吗。记得一模理综的考试，大家都在题海里吭哧吭哧卖力苦战，教室里弥漫着的都是战火硝烟般的紧张气息，连天公都被感染了似的，雷声大作。漏小尘却突然大喝一声，弃笔冲出教室。全班的人都惊呆了，连两个监考老师也面面相觑，不知该说什么才好。

后来才知道，这家伙是做题时想起自己同寝室的好兄弟的被子还没收，于是跑去寝室帮忙收被子去了。“下雨啦，下雨啦，收被子啦，各回各家，各找各妈了啊！”季君雅在脑海里给漏小尘那夸张的动作配上台词，不禁笑倒在椅子上。

对于这种间歇性神经综合征患者，有时候就得给他来点狠的。哼，漏小尘，你的死穴现在被我抓在手里，这下看你死不死！

回到家，季君雅才发现，爸爸正阴沉着脸。他不会这么快就知道漏小尘的事了吧。

“是你把他推下市区那个游泳池的？你知不知道他最怕水！”

季君雅心里想着“那当然，就是因为知道他怕水，我对症下药才能好好虐虐这小子”，嘴上却说：“那个游泳池很安全的，有五个救生员看着呢！我也是全程盯着他的，不会出事……”

“简直是胡闹！”

这是季君雅印象里，爸爸少有的发脾气。

在这个时候，妈妈反倒是耐住了性子。她狠狠地批了季君雅几句，又悄悄地告诉她，漏小尘的爸爸就是在海难中去世的，所以漏小尘从小时候起心里一直有个心结，就是怕水。

季君雅这才发现，这次真是捅了个大娄子。她突然意识到，自己似乎太以自我为中心了，小时候的记忆虽然模糊不清，但是自己也没想过要去问问漏小尘父亲的事。她好像忽然明白了，漏小尘的那副吊儿郎当的样子和不羁外表下所承受的东西。

今年的一号台风还是提早来了。早上课间操结束的时候，大家都围着电视，最搞笑的是那些记者一个个抱着树还在报道，也配得上“敬业”两个字。正看到关键处，老鱼头那张晦气的脸就出现了。之后的事情理所当然，大家只能不情愿地关了电视。

固执的学校依然硬撑着不放假。整个城市都好像被卷入了巨型滚筒洗衣机里，一切的事物，人、车、广告灯牌，都在被翻搅。

在晚自习时，大家也都开始莫名不安起来。

学校就是在这个时候停的电，校长大人的“矜持”终于自食其果。

平时最不慌不忙的沈不知倒是先乱了手脚：“外面都是积水，我们会不会就这样被困在这里出不去啊！好可怕！”

季君雅心想，你平时不是最牛吗，看来还真是乱中才能见英雄。

停电的世界，漆黑一片的教室，慌乱的气息开始笼罩在整个教室里，季君雅的心里也不由得有些担心。坐在教室后排的几个大胆的同学开了门，出去查看了“敌情”。

“水已经漫到一楼台阶！我们出不去了！”不知是谁喊了这么一句，教室里顿时乱作一团，到处是乒乒乓乓东西掉落的声音。

突然，几束微弱的光照亮了一小片书桌。季君雅心中一动，是蜡烛！居然是漏小尘这个家伙，每天在寝室偷着打牌，私藏了几根蜡烛，没想到，这个时候竟然派上了大用场。

“给，我藏在书桌下面的。今天这情况，你们不住宿的学生一定还没回家吃过饭吧。”借着蜡烛的亮光，季君雅一看，是一个被压得瘪瘪的面包，她刚想说点什么，就被漏小尘打断。

“废什么话呢你，赶紧吃。”顿了顿，他又扬扬自得起来，“怎么样，现在像不像烛光晚餐？”

看到了光，大家的心情也得到了些许平复。

“对不起，我……我不知道，你那么怕水。我就是闹着玩……”季君雅小声地说，她发现，连她自己都没有勇气再说下去了。

“唉，原来没事的，这几天我也仔细想了想，女孩子嘛，怎么能跟你置气呢，你也不是有意的。”

季君雅不好意思地笑了，她真的很想说，其实，我就是有意的……

外面的喇叭里响起老鱼头嘶哑的吼叫声：“高三（14）班的兔崽子们，都给我好好在座位上坐着！我们就在教学楼外面，救援车马上就到……”

老鱼头今天没有坐班，但是却第一时间从家里蹚水赶了过来。此情此景下，大家第一次感觉到，原来老鱼头这家伙的声音也可以变得如此动听。

恶劣的台风终于过去了，天气也一天比一天开始好转起来。遭到破坏的校园在慢慢重建，老师们也难得“放手”，让大家准备准备，排练一个晚会，季君雅的文学社负责最后的朗诵。

谁知，没排练几天，沈不知就气喘吁吁地跑来通知漏小尘他们这帮男生：文学社和舞蹈社的吵起来了。漏小尘赶紧跑过去，只见季君雅和舞蹈社的一个领头女生正叉着腰，互相“叫阵”。

“你们这乱七八糟的什么破舞蹈过去了就过去了，我们的文学刊物会永远留存！”

“哟，都多大了，办个破刊物还永远留存，你们这些酸文人，幼稚不幼稚啊？”

你一言我一语，漏小尘这下算是见识到了女生之间的吵架是何等慷慨激昂。

不得不承认，舞蹈社的真是个个巧舌如簧，季君雅吵不过她们，面子上挂不住，一激动，气得坐到一旁，悄悄抹眼泪。

漏小尘蹲在她身边，默默地看着她。老半天了终于憋出一句话：“好啦，好啦，别哭了。”

季君雅不由得心里一暖，心想“你小子也有会安慰人的时候”。正感动着呢，谁知漏小尘又补了一句：“请化妆师很贵的，把妆哭花了又要重新化，到时你给钱啊！”

“漏——小——尘！”

嗯，地面似乎，震了三震。

**在他乡**

时间这东西，有时候说慢是慢，说快也是飞快。转眼的工夫，噩梦般的高考总算是结束了。新三年，旧三年，缝缝补补又三年，这鸡零狗碎、起早贪黑的高中时代，就此已经成了永远的过往。一想到就要和这三年的校园生活告别，季君雅心里还真有些舍不得。

九月开学以后，没准儿就要去另一个城市了。于是季君雅想趁着暑假的时间回趟老家，回爸爸口中说的那个海岛看看。虽然已经没有很清晰的记忆，但是季君雅知道，很小的时候，自己一家和小尘一家就在那里生活。

漏小尘执意要陪她去。

“没事的，我就舍命陪女子吧，一个海边长大的水手怎么能怕水呢！”看着他把胸脯拍得震天响的样子，季君雅不禁笑了。

可是船刚驶出港口，还没开入深海，漏小尘已经开始吐得昏天黑地了。

“真的不要紧？”季君雅担忧地看着他。

“没事，只不过是神经中枢太过敏感，你初中科学没学过吗？正常正常，我可是要当水手的人……”

这是一个离开大陆三十海里的小岛。登上岛，就见晒好的鱼干排列得整整齐齐。季君雅一口气点了海鲜面、青口、海佛手、对虾和醉蟹。酒足饭饱后，季大小姐又带着漏小尘这里出那里进，到处豪迈地砍价，没一会儿工夫，几家海鲜小店的价码就全乱了。

“季老师，您太伟大了，您这只宏观调控的大手扰乱了这里的市场经济啊！”漏小尘不禁感慨。

“再过几天分数就出来了，季老师，你准备报什么志愿啊？”站在海岛边的礁石上，恢复了精神的漏小尘依旧那么吊儿郎当。

“我？还是会报师范类吧，毕竟是我妈的强烈要求。其实有时候，我还真是挺羡慕你的，做什么事情都无拘无束，我经常在想，我要是能像你那么勇敢就好了。”

“哦，那将来当了老师，就多布置点作业，虐虐你的学生们，好好出出这三年的气。”

“哈？你是想让我变得和老鱼头一样吗？”

“老鱼头，哈哈！”

“那你呢，你要报什么专业？”

“我嘛，说出来吓你一大跳。哼，船舶与制造工程，怎么样，亮瞎你的眼吧！”

“什么——你在开玩笑吗？”

“唉，我想过啦，我那点分数肯定不够上自己喜欢的专业，不如曲线救国咯，反正到时可以转专业的嘛。”

季君雅心中的石头轻轻地落了地，选择报与水有关的专业，他总算走出了那个心结。

不过，一想到以前在暗地里总把老鱼头的办公室叫成“恶人谷”，而现在，自己念完大学以后极有可能就会在“恶人谷”上班，季君雅还是有些闷闷不乐。

人生真是充满了讽刺，最怕水的漏小尘报了与海洋息息相关的专业，最不想当老师的自己却老老实实地填了师范类。有些事可能就是冥冥之中注定的吧。季君雅突然想起一首老歌的歌词：人间事难遂人愿，且看明月又有几回圆。

“你也不要不开心，你看啊，每天看着那些小孩子，在课桌下面怯生生地捧着小手机想用又不敢用的样子，你想想看，是不是很好玩呢？”漏小尘看出了她的不开心，便故意逗她。

“哈哈！”只是脑补下这些画面季君雅就忍俊不禁了。

哼，漏小尘这个家伙，好像天生就有一种本事，你在他身边永远可以感受到一种快乐和活力。

凉风习习，旌旗招展，夜幕渐渐降临。海岛的不远处，渔火星星点点，陡峭的悬崖边，有阵阵惊涛拍岸。然而有灯塔的光相伴而眠，心中就有一份踏实。星空下，季君雅打开照明灯，翻开一本随身带的书，是费尔南多·佩索阿的诗集《我的心略大于整个宇宙》。

这趟行程确实没有白来，至少对于漏小尘来说是这样。在等待回程的轮渡时，虽然还是有些紧张，可是已经不像以前那么害怕了。

微咸的海风轻轻撩起季君雅的长发。漏小尘侧着身，静静注视着眼前这个女孩，不知怎么的，竟有些脸红。

季君雅心里暗自感到好笑，却偏要问："唉，水手大人，好好的你脸红什么呀？"

漏小尘更加不好意思了，扭过头，低声自言自语起来。

季君雅小鹿乱跳似的，几步蹦到他面前，故意逼问道："哟，在干吗，害羞了？"

漏小尘索性一屁股坐在岩石上，继续默然不语。

几次询问不答，季大小姐的烈脾气又上来了，声音顿时提高了一个八度，掐住他的脖子暴怒："快说！你刚才到底在嘀咕些什么？"

"好好，我说我说——我刚才说的是：你、你用的洗发水是不是过期了，不然头发闻起来怎么这么奇怪——哈哈——季老师——季女侠饶命，我错了！"

海风吹得人心情爽朗，夕阳余晖下，远处的地平线一片微红。山那头的礁石边，灯塔的光正和往常一样悄悄亮起。在一片时间无涯的荒野里，岁月渐渐变成了一艘迅疾驰来的船，有一个少年正在成为勇敢而伟大的船长。

# 福缘

## 01

文♦老奔

全国新概念作文
大赛二等奖获得者

德顺，是我大一的同班同学，也是唯一一个让我开学第一天就记住的男生。

我一直有个喜好，我喜欢通过眼神看人。多少年来，我透过眼神看到的，总是比透过外貌看到的更靠谱些。

德顺的眼神总是很质朴，甚至给我种返璞归真的感觉。这和他平时开朗的模样大相径庭，也一度让我怀疑了自己的判断。

那是我们第一次见着大学班主任，难免生疏。原本应该十分严肃刻板的师生见面会，我却见着他仿佛没什么顾忌似的在班主任说话的时候各种插嘴，开着一些老旧的玩笑，班主任随意搭理了他几句。其实我是十分想笑出来的，只是碍于这尴尬的氛围，我和其他人一起选择了沉默，呆呆地看着他像个滑稽的木偶一样故作姿态。

像个傻子。

当时心里只有这四个字来形容他，或许我真的看走了眼吧，我思忖着，印象里唯有那种憨厚老实的人才配得上质朴无华的神采。

后来，德顺当上了当时我们班的班长，其实想来也是理所应当。我始终觉着人人都需要一个开朗的人活在身边，无论他欢喜与否，好歹会对着自己笑。我明白其实自己是个略显冷漠的人，但奈何人心肉生，我拒绝不了别人友善的笑意，这也是我愿意去追求一个学长两年的缘故——一个愿意对像我这样冷淡的人也始终保持微笑的人，终究是不坏的吧，至少我是这样觉着的。

而德顺的眼中不仅有着笑意，还有着更为可贵的尊重。

“我乡下来的。”他挠挠不长不短的头发，“以前在老家就野惯了，管不住自己这张嘴。”

这是难得有回我问他时，他给我的回答。我一度以为自己看错了他的眼神，直到那一回，我才又坚信了起来。那次，也是我第一次与德顺交谈，我隐隐感受到德顺言语里的空洞，他的语言艺术，像是一棵成年的大树留着斑驳老成的树皮，奈何树心已是中空，与人只能浅聊，入不了心里。

终究是个老实人。

我再次这样评价了他，却自以为是地认为中肯。

## 02

“你得变一下，终归是大学生了。”我给了他我自以为由衷的建议，也算是顺应当时的环境吧。每一个人走到了大学时代，也算是勉强拥有了各自的生活，也就不能再奢望什么集体的意识了，“道理你光懂不行，得会用。”我这样劝导着他。我复读过一年，比德顺长了一岁，像个母亲劝导着孩子。

“这样啊，看来我是没这么好的福分。”他说话很礼貌，不对我说知道或是不知道，好或是不好。我想着，随他去吧，吃点亏就好了。我那时也再没有多余的力气与善意去教会一个人如何在大学里生存了。

我们都是学美术的，为了走进而今所在的美院，很多人都在画室里付出了自己两三年的青春，而我或许显得更单纯些，只是因为高三爱着的那人考了进来，而我落榜，放不下这牵挂，最终选择了再读一年“高四”。

人总不是长情的生物。画室枯燥压抑的环境下，我对他的爱意，一天天抹去；大学缤纷多彩的生活，他对我的情意，也一天天消散。

当我走出那个苦涩的时段，却是带着一颗对情感麻木的心走到了他面前。

“算了，别勉强了吧，我们都不笨。”他是这样对我说的。

“有时候，我却也希望我们都不聪明。”我如是说道，“可惜了，你现在活在希望里，我却觉得好劳累。”

“这一年辛苦你了，心里既想着考试，还放了我。”

“考试的时候想着你，心里也就不苦了，到现在，我不用考了，也不用再想你了。”我故意把话说得难听些，分手不该留下太多的情怀让人回想。我知道这样的道理他是明白的，所以他没有怪我，心里面那点温柔还是让他以沉默离开了。

那些冰冷入骨的言语，确实是应该我来说，这样让我显得表里如一，挽回了泪水，挽回了情面，挽回了离别后久久散不去的不舍。

生命里有些太过苛刻的时光，总是会让人在往后的日子里，不自觉就深陷进这样的状态中。有太多事情，我在大一的时候，已经麻木了。我依旧重复着高三、高四在画室里的生活习惯，只是换了重复出现的场景、重复做的事、重复出现的人。也不再爱多说什么话，班级的微信群里，我也始终保持着潜水的状态，顶多偶尔看看消息，回句“知道了”。

我太普通了，目光也太过短浅，不肯认识再多的人、见再多的事。

班上和我一样复读的人不在少数，我们都一样，徒留下了对时光的感慨与无奈。

德顺是几乎每天都能见到的人，没见过他逃课，也没见过他生病，除非是班委有什么会议把他找去。

无论是什么绘画课题，他都喜欢坐在门边——这个谁都不愿意坐的位置，毕竟老师一进门，第一个看到的就会是坐在这里的人。即便是大一，许多应届的学生，依旧没能摆脱高中时对于老师的惶恐，但其实我知晓，早已经没有那么多人来关注你在做什么了。

“坐在门口不怕吗？”直到有一回下楼梯时，我有意无意地问了他一句。不知是我的错觉还是什么，我竟在他的眼神中看到了一丝惊异，这惊异里也带着几分喜悦。

“我老家信风水的嘛，”他是这样回答我的，“开门见山，闭门见人。要么山，要么人，总得有一样才吉利。”他说得如此轻松自然，我来不及看他的眼神，心里就已经信了，“想象一下，人一推门，看不到一点生气，真的是种很难受的感觉。”

“你心肠倒是不坏，总想着别人。”很多时候，德顺给我一种仿佛要对世上所有人好的感觉。

以前我只想对一个人好，现在只想对自己好，才发现我也渐渐变得自私。但我把这叫作成熟。

“我送你回去吧？”他语气里藏了些询问的态度，“已经晚了。”

“也好。”毕竟，我也是个女孩子。也许是因为德顺这种关怀他人的情怀，让我觉得，此刻如果我拒绝了他，那就是我的不礼貌，也让他尴尬了。

已经是晚上九点半了，我和他走在校门口那条梦圆街上，乡镇的夜晚，总是安静得很早，这时候街上已经没有人了。

“何苑，你有没有觉得，大学里，人人都不擅长谈论自己的过去了。”也许是觉得路上太安静，也许是觉得我一路上都盯着手机看，十分没趣，他终于开口对我说话。

“也许是因为大家终于明白，十几二十岁的年龄，并没什么过去好谈。”我早已经不喜好谈论自己或是他人的过去了，人心太过自傲，以前总觉得自己想得多便是经历丰富，只有当想得累了，也就终于能明白自己的短浅了。

“我真的快找不到人说话了。”他头略微下垂了些，“大家好像都只要用微信就能维持生活了。”

“我说过，你得变一下。”我还是一如既往带着冷漠的语气。

“我只有妈妈，从小她就一直对我说很多东西，大道理，做人做事的。”他自顾自说了起来，“她跟我说大学会是很丰富的。可是等我进来了，我才发现，丰富的是生活，却不是我。”

“这个世界上，其实每个人都很孤独，总会有不想和别人谈论自己的一天。”

“何苑，我总觉得你从开学到现在，都过得不大开心，虽然有时候很怕你，也不怎么了解你，但我就是有这样的感觉。”

原来我的冷漠已经到了让旁人害怕的地步了，我不禁自嘲起来。

“称不上高兴，称不上不高兴。我和他分手以后，我就尽力不去想开心或者不开心的事，因为无论哪件事，总会让我情不自禁想起他。”也许是气氛、人都刚好，我竟不自觉对德顺说出了我一直难以启齿的事，“我把对他的哀思放进心里，可是这又有什么用呢，不过是让一个二十岁的人，老成了三十岁。”

这夜晚暗得十分温柔，我记忆里和他也曾这样在梦圆街上走过，那时候我还是个不大成熟的姑娘，但我善于看人眼神的习惯早已成熟，我注视着他的瞳孔，圆润的边缘散布着淡青色的光彩，与琥珀色的瞳孔交相辉映，我在里面看到了我的样子，至少那时候，也只有我的样子。

“爱情始于眼神交会，也终于此。”我这样说着，看似自言自语，但当我偏过头望了望德顺的脸时，他仿佛也是饶有兴致一般。

生活区其实不远，我没有诉说完我的话，他也没来得及对我的过去表示惋惜，我们就已经走到了生活区门口。

已经到了门口时，我不再说话，德顺也不再附和多少。缄默是最残忍的别离，但其实从画室一路走来，德顺在我眼中成了一个很好的聆听者。话到嘴边却断掉的感觉很差，我转身面对德顺时，他脸上的神情我一眼就看穿，像个孩子犯错时躲避母亲。

“我忽然想了起来，我想去街上买点画材，你能陪我吗？”这么久以来，唯有面对德顺，我心中有了一丝心软。

“嗯，好的，我陪你走。”德顺答应得十分爽快，就像是早已安排好的一样。

十二月下旬的寒风让我觉得万分沮丧，我有些迟疑，但随即又下定了决心，我挽住了他的胳膊，使我从心底里有了一丝温热。他也依旧是自然地接受了我的举动，但我此刻不去看他的眼神了，不知道他心里是欢喜，还是害怕。

“你这个人，其实挺好的。”只是我在想，得是心中埋藏着多少孤独的人，才会如此渴望与人交谈。我不再去想，视野所及，只有满街迎接几日后圣诞节的气息。

## 03

圣诞节仿佛突然到来，各处商店打折促销，一派美好的气息。

“中国人过年，得在家里和家人在一块儿，热闹之中会有种安静，但圣诞节就不一样了。”

“所以我并不排斥圣诞节。”德顺道，“过年家里只有我和妈妈两个人，怎么样都是安静的。”

我原本没打算把德顺叫出来，但又苦于圣诞节那天需要采购的东西太多，国学课开始以后，笔墨纸砚以及镇纸一类的器具我想一次性买完。室友随口一句：“那就找王德顺吧，反正他什么都愿意。”原来是我过得太过自我，到这时候才知道，原来德顺已经成了班上随叫随到的一个老好人了。我也曾犹豫过，毕竟他心里是怕我的，细细想来，我也从来没有给过他哪怕是一个微笑。

“我得送你一个圣诞礼物，”德顺的笑容万分诚恳，“这个给你。”

他摊开手，我看看他，又看看他手上的东西，心中终究还是带了些讶异，我怎么也没想到，这个圣诞节，我还能收到礼物。

那是个可以捏在手上把玩的小葫芦，葫芦头上，还留有藤蔓干枯以后极富有美感的提柄。

“我老家，葫芦通‘福禄’，我觉着好歹是个吉利。”

“可我没什么能给你。”我此刻礼貌起来。

“是我从老家摘来的，不贵重的。”他怕我不收，情急之下，做了些陈词。

“好，谢谢你了，德顺。”

他听到我说了这句，脸上才如释重负。

我回去以后，仔细观赏了这葫芦。葫芦肚子上，是德顺用细毛笔写的一个“福”字。这字如果不是写在德顺交给我的葫芦上，我想我是想不到是德顺写出来的。这“福”字，显得很是敦实可爱，不似外头的廉价工艺品把字写得龙飞凤舞，而是充满了古朴，犹如村里头的老乡绅把弄的制式，显然不像是德顺平日里活泼的样子。不知道为什么，这葫芦仿佛有温度，我拿拿放放，几次三番，就是放不下。总觉得心中有些熄灭的热忱又焕发了些许生机。

打开朋友圈，没想到刷出来的第一条，就是前男友与他现在的女友的合照，秀着一拨恩爱。我过去看到，总有种把他送进黑名单的冲动，然而这回，我面对时，显然坦然了很多，仿佛一下子明白了勇气的意义，也终于明白了过去的无法面对，是源于内心的恐惧。

“其实我原本是想带到杭州来卖的，但后来发现，城里人已经不喜欢这些玩意儿了。”后来德顺在微信上与我说起这事，“后来想，干脆圣诞节送给班上的

同学吧，还能联络下感情，不过也放弃了，圣诞节送这个，也是觉着怪怪的。”

“要卖的话，能卖二十几块了吧？”

“哪里敢卖二十多，贵了就没人买了。这种玩意儿，西湖边七八块就能买到了。”他一脸惶恐，无论平日里显得多么机灵，一遇到事，就露出了那份质朴与认真。

“总归是个活计，喜欢的人，终究是喜欢的。”我这样说着，躲在被窝里，把德顺送我的葫芦拿在心口，被手机屏幕的光亮映照得十分光彩。

## 04

然而感动终究是短暂的，这样的道理，放到何处，都是如此。

宋人山水课后，又是书法课，那些愉快的节日在生命中一闪而过，留下了更多的平淡。德顺还是那个样子，坐在画室的门口，以一种十分吃劲儿的样

子，完成手底下的书法课作业。

但说真的，德顺的书法写得着实不好，《真草千字文》的笔画带些秀气与灵敏，却被他写得一顿拙气。为了求个形似，他也想放松起来，奈何没有这份心境，写出来的字，一副松不松、紧不紧的病态。

但我也只是看在眼里，我不会对他多说一个字，其他人也一样，不称赞，不伤害，安安心心做着自己，这本就是十分正确的一件事。

我与他的关系，其实依旧没有因为那个葫芦而拉近多少，这是我的缘故。我还是那样的表情，还是那样的态度。我总是在心里对他说："你的眼神不会骗人，就像我的心不会骗人，所以我少说话，一说就露馅儿了。"

我走过他身边时，他也不会抬头看看我，只是埋头与手上的毛笔较劲。那专注的神情，着实可爱。唯有"福"字，他写得最好，好多次已经到了嘴边的称赞，我又给咽了下去。我明了，他自己也知道自己写得不好，若我再漫不经心地夸赞，反倒成了一种嘲讽。

倒是后来为数不多的交谈中，他总是夸赞我的好，言语里，有些羡慕我的作品经常被留校收藏。但我还是那样，或是冷淡地看他一眼，或是随口附和几句。但其实我是明白的，我并不抵触他，真正抵触他的，是我业已用成熟的冷漠保护自己的心。

德顺是个识趣的人，不会像有些男生一样，死缠烂打。被自己不喜欢的人追求着，着实是种恶心的感受，这道理他知道。我能从他眼中看到对我的爱慕，或许是出于对我的敬畏吧。而我呢？我连自己对他的心意也分辨不清，只能不断躲避着。

一直到我们大二时分到了不同的专业，我才真切明白了心中对于德顺的那一缕不舍之情。我与他，保持着那种遥远的距离，但不论距离多远，我们始终都能看到彼此，像是这山望向那山一般。

## 05

到了大二以后，我就很少能得到德顺的消息了。他是否依然可爱，是否依然单纯，穿着打扮是否依然质朴，这些我都已经没法再真真切切地知晓了。分专业时，他选择了新媒体艺术，去了学院的另一处分校，而我选了油画，当年将对前男友的爱放诸艺术之中，我没法割舍。大二往后的日子，即便是躲在深闺，望穿秋水，我也认了，用德顺的话来说，是“我好像并没有得到美好日子的福缘”。

但即便消息不多，我也或多或少知道些德顺的情况，至少是大学毕业前的。但我所听到的，总是些不太美好的消息，或是他依旧被人忽略着，或是他还是那样做着自己心中的好人。唯一好点的，是他也喜欢上了某位女子，可也没能长久。大学毕业前的一段时间里，我还在筹备我的毕业设计，偶尔在手机上看看朋友圈，却看到他一两年来发的唯一一条，像个没成熟的孩子一样，哀怨把自己抛弃的女子和世界。那样的情绪，在朋友圈里总显得有些刺眼，但几分钟之后，我的朋友圈又回到了平和，他已经删了方才所发，我再点进他的名片时，依旧是空白一片，仿佛他从未存活在这个世界上，哪怕是由互联网搭建起来的虚拟世界。我顿时觉得一阵可悲。

但是时间就这样，在这些像秋叶一样轻薄的小事件之中，悄然溜走。很多年来，我始终还是一个人。像头失了群，走到人生边缘，一身疲惫的老母狼。走过大二与大三，终日与手头的油画笔做伴，钻研更多的技法，阅读更多的书籍。其实我也明白，这些都源于德顺那时候对我的钦佩，我或多或少有种不想让他失望的感觉。

我在老校区里，一直待到了本科毕业，安安分分过好目光所及的日子。只是即便是深夜，我也再未让任何一个男孩子送我回到生活区。即便画材重到让我的手脚发酸，我也再未向任何一个男孩子流露出请求援助的样子。

德顺送我的小葫芦，这些年我也一直放在口袋里。这原本就是把玩的器物，放在手上一直抚摩，几年下来，葫芦表面已经光滑了许多，这就是所谓的包浆了。好在我是个爱干净的人，包浆的葫芦，在我看来，远比外面一些油气的男人手中的玩意儿清透许多。

这份福缘我放在心底里，已然夺走了我的情缘。我再未接受过任何一个男子，忽然觉得生命里有过两个男子已然足够，一个教会我成熟，一个带给我温柔。我至少，也算得上是个长情的人了吧？我总是对着这小葫芦，扪心问着自己。

可我也是个普通人，大学毕业后，与画廊签了合同，工作略显轻松，也可以支撑我继续读研，而家里人，也开始催促起我成家了。但人心哪有这么多的轻松与俗套，如果每个人都按着这样的套路走，该是有多无聊。

以前我对德顺说，我把对前男友的哀愁放进了心里，可是这又有什么用呢，不过是让二十岁的我老成了三十岁。而当我真的即将走到三十岁的时候，我也把对德顺的哀愁放进了心里，只是这回，我心里却有了种从三十岁回到了二十岁的情怀。说是我自作多情也好，反正我就是这么觉着的。

## 06

当我再次见到德顺时，我才惊觉他已经这么老了。霎时间，我从包里找出了小镜子检查了一下，还好，我这些年保养得不差。

德顺那时的眼神，却是那样的伤怀。我再不能从他的眼神里看到淳朴或是善意，只能看到无数的对生活的失望。这样的神色我再熟悉不过了，几年前的我也如此。

那是老校区的湖边。我依旧在此读研，闲暇时，我总是喜欢在校区里走走。我再也不年轻了，所以只有当认清了自己的时候，才会去在乎身边的好，毕竟，本科的四年，我从未好好看看我们的学校。

只是德顺让我看到的，是如此绝望的风景。

“王德顺，你想做什么？”

水面已经漫过了他的双膝，他缓缓把脸转向我，一双犹如迷失羔羊的眼睛望着我，让我心中顿时惊恐起来。

“啊，何苑啊……没什么，只是觉得好累。出来走走。”他面对我时，勉强地笑了笑。

看到他那仿佛刚睡醒的神态，我无法控制自己，一巴掌就扇了过去。

随即我不再看他的脸，拽着他的双手就往我的住处跑去。进门后，我用我最快的速度锁上了门，生怕他再去外面寻短见。

但德顺还是那么平静，看透死生无常的人，都是这般。

“何苑，这么多年了，我仿佛真的明白了，原来一切都是自己错了。”他知道躲不过我的质询，也就自己交代起来。

我也终于知晓了他的经历。

德顺是个容易付出真心的人，他大二遇见的女子后来因为他是单亲家庭长大的，而最终离开了他。那之后不久，他乡下的母亲也去世了。苦于学业与生活，他活得一直很辛苦。在画室当助教，也只能拿微薄的工资。

没有朋友，没有熟人，没有背景，在杭州这样的城市里，他微渺如蝼蚁。

“没想过考研吗？”说真的，我希望他能走得更远，“一边打工，一边继续念书，出来应该能过得更好。继续做学生的话，你的亲戚应该能支持你的。”

“哪里还有什么亲戚，我妈妈是个寡妇，乡下的人躲着我们还来不及呢。”他苦笑起来，“长久以来，我为着母亲的希望在读书，我妈妈希望我成才啊，我一直那么努力地活着啊！”他的言语越来越激动，我能感受到他心中对于这个世界的怨恨。

“可是为什么？为什么我怎么做都不好？”他眼睛里这时已经挤出了泪水，我是第一次看到一个男孩子如此崩溃的样子。

“初中这样，高中这样，好不容易费尽心力考上了大学，我为什么还是那么无能为力，还是要被这么多人无视？我明明答应了妈妈要出人头地，不能让那些嘲笑我的亲戚一直笑下去的呀！”他无助的样子，终于让我感受到他过去机敏外表下的脆弱。

“我永远坐在门边，就是想要所有人进去出来都能看到我，不要把我忘了，无论是愿意称赞我一下，还是说我做得不好，都可以啊，就是不要……不要一句话不说就走开啊！”原来这才是他真正的用意，若此刻他不告诉我，我永远不会知晓。他那失去焦点的眼睛，我看着着实心痛。

“我当班长，做好人，谁说的我都高兴去做，我什么都不说，什么都不抱怨，什么都接受，只要他们不忘记我就行了啊！”他双手捂住了自己的双眼，但

泪水还是从他的指缝间流了出来，“但是他们为什么就是记不住我呢？到最后，他们只记得‘班长’这两个字，连我的名字，都不知道啊！”他犹如惊弓之鸟，我感觉自己怎么做都会让他更难受。

“妈妈也离开我了，哪怕我有了作为，又有什么意义呢？我一直在为她活啊！”我也终于体会到了母亲在他心中的位置，他是多么渴望有一个温柔的家。

“可我总要活下去吧，好啊，我去画室打工，我努力工作，可是……可是……”他顿时又抽噎起来，“可是我只是在努力教他们啊，我认真检查作业，认真做范画，为什么他们要讨厌我？为什么要联名去校长那里申请开除我？”我知道以德顺的性格，即便被他的学生诋毁了，也不会多说一句的，毕竟他是那么希望被人在乎，无论好的坏的。

“何苑啊！”他突然叫了我。

“嗯，我一直听着呢。”

“太懦弱的人，是不是注定没有被人在乎的资格呢？我真的，还有必要活着吗？”在我听他说到这儿时，我已经明白，他心中必然已经与常人不一样了。

我不再说什么，也不再去想什么，我又恢复了寻常的平静，但至少，我再没把我住处的门锁打开，这把锁相当于我心里的锁，我告诉自己，这一次，再也不能踌躇了。

## 07

后来的一段日子里，德顺一直住在我那儿，他终究还是怕我的，不敢违逆我的话。也许他会再讨厌我，但是我已经不在乎了，至少，这是我爱他的方式，我也确确实实爱上他了。

我也不知怎么了，照顾德顺的日子，明明让我的负担加重了很多，但心中，却有了更多对于未来的希望。付出的一切，在看到德顺清醒后眼神中透露的单纯与质朴时，我觉得都值得了。

我把那个包浆的葫芦穿了线，挂在了德顺的脖子上，起初他很是反对：“总不能像对待小狗一样把玩我吧？”他说这话时，单纯可爱的眼神，仿佛真的能把我冰封多年的心也融化掉。

“你说过，这东西，通‘福禄’，这几年，我顺利毕业，顺利和画廊签约，顺利考研，给我的福禄已经足够了，现在戴在你身上，是我为你祈求的福禄。”

他听我说完，不再说话，用手把葫芦紧紧捏在胸前，一脸十分郑重的表情。

“你上次问我，太懦弱的人，是不是注定没有被人在乎的资格。我当时没有回答你，因为……”话出口一半，我竟有些哽咽，“你在我眼里一点也不懦弱呀，已经那么努力地想要被人接受，想要完成母亲的期许，已经比很多人好了，至少，比我好了很多了。我只敢一直用那种表情面对每个人。”我已经止不住眼泪了，“无论怎么样，我是接受你的，我心里一直记得你。”

那是我出门前，我把手放在德顺的手背上，抬头仰望着他，对他说了这些话。

“我送你去上课吧！”德顺开了口，眼睛直勾勾地看着我，我明了，是爱慕与不舍的眼神。关了他很久，我也觉得是该放他出去走走了。

“大一写书法的时候，是我觉得你最好看的时候。”他称赞我，那样诚挚的样子，使我没法不信。

“可是你写的书法真的很差。”我笑着调侃他，虽然我知道对一个孤独忧郁的人，不该如此说话。

“但是你也从来没对我说过。”他笑得温柔起来。

“但是唯有一个字你写得很好。是我这一生也写不好的一个字。”

“何字？”

“‘福’字。”我终于有了机会，对他袒露心声，“我当时就已经想对你说了。这‘福’字，写得很好，感动到我的心里……”我又停顿了一下，才缓缓说道，“你不用再怕我了，你在我的心里，德顺，你在我心里。”我又重复了几遍。

“何苑，谢谢你愿意在乎我，但其实我的心太好猜，我不说，你都明白。你能这么想，我真的很高兴。”他的眼睛里晶莹剔透，掩盖了他看我的眼神，“我是个没什么福分的人，以前我妈妈也这么说我，连我自己也这么相信着，许多年了。但是我现在，只相信……

“何苑，你是我一生遇到的最好的福缘了。”

我把步子放缓了些，把头埋在了他的肩头，从他的身后，缓缓牵起了他的手，爱着我这一生最好的福缘。

葫芦，通“福禄”。

哪里敢卖十块二十块，贵了就没人买了。

他一直喜欢坐在门边，问起他，他说是风水好。

他有段时间也在画室当过老师，因为太认真，被学生讨厌了。

我，其实不大会说话，只是我还是想说，遇上你，应该是我这辈子最好的一段福缘了。

你的眼神不会骗人，就像我的心不会骗人，所以我少说话，一说就露馅儿了。

# 锦岚·宋记

## 01

文♦旻皓

第二十届全国新概念作文大赛二等奖获得者

日头西斜，黄昏来临。城中的各大酒楼纷纷准备开张，食客络绎不绝。这个点儿正是饕餮横行之时，城中心人潮川流不息，连路边的小酒坊也异常热闹。宋之焕漫不经心地敲打着算盘，扫了一眼冷清的大堂，又瞅了瞅街对面的祥瑞楼。那边早已排上了长队，店内的伙计应接不暇，忙得晕头转向。宋之焕不由得摇摇头，叹了口气。对面的祥瑞楼可是全城第一大酒楼，每天人来人往好不热闹。而自己的酒楼呢？每天只零散地坐着几个穿破烂衣裳的苦工或乞丐，点的也是最便宜的青菜面或者花生米。宋之焕看着依偎在墙角打瞌睡的两个伙计，无名火便上来了，硬是训责了几句。伙计们嘟嘟囔囔地站起身，拿起扫把没精打采地扫了扫地，仍是一副颓唐的模样。他胡乱地拨了拨算盘，心想，生意若再这样惨淡，下个月连伙计们的工钱都拿不出了。

天色已晚，街上依旧熙熙攘攘，却没有一个人进“宋记”的门。宋之焕瞧着对面人山人海的祥瑞楼，不由得分外眼红，却也无可奈何。连续三四天，“宋记”都因客源稀少提前打烊了。今天也不例外，店内一个客人也没有，他正准备就此关门，忽然看到门外站着一位亭亭玉立的女子，只见她绾了个发髻，水润的瞳孔蕴含着丝丝春意，朱唇一点绛红。她向宋之焕打了个招呼，嘴角浮出一点笑，说道：“宋老板，你这里好生清静。”

宋之焕连忙放下手里的算盘迎了上去：“承蒙锦岚姑娘关照，快快请进。”这女子是东街兰亭苑里的姑娘，小名锦岚，平日里喜爱诗词书画，同时也弹得一手好琴。兰亭苑是东街最大的歌舞坊，锦岚姑娘才华横溢，模样亦是清秀可人，自然是那儿的头牌。只是不知她为何常爱光临“宋记”这家毫不起眼儿的小店。锦岚算得上是店里的常客，来得多了，和宋之焕偶尔也会聊上几句。宋之焕常常想不通，像锦岚姑娘这等佳人为何独独欣赏自己的酒楼？前段时间他也问起过，但锦岚只淡淡回答：“平日无事时看你这儿人少，所以图个清静。”宋之焕面对空荡荡的大堂，不禁叹了口气。清静？这也太清静了吧？

宋之焕招呼锦岚姑娘坐下，给她倒上了茶。锦岚举起茶杯抿了一口，看着满目忧愁的宋之焕，说道：“宋老板，见你面带苦色，想必是有什么难处吧。”

宋之焕正愁无处吐苦水，见有人问便连忙说：“不瞒您说，锦岚姑娘，如今这生意不好做啊，我这儿再过一段时日怕是要关门大吉了。恐怕您今后要另找清静的地方了。”

锦岚环视了四周，又瞟了一眼对面的祥瑞楼，说道：“您这里是有些太过冷清了。当真是无计可施了吗？”

宋之焕摊了摊手：“我把所有的法子都用尽了。菜品变了几次花样，厨子也换了好几个，可还是这样，我实在没办法。你看那边……”宋之焕朝对面指了指，“您看那家，也不见得多好。但是那些人呢，就喜欢去那儿。没座了也甘愿在门口巴巴地等。真是邪了门儿了。这一年里我可是一直在瞧着，即使捡了那家多出来的客人，我这儿也不至于开不下去。”说完，宋之焕又连声叹气。锦岚吹了吹茶水上的热气，想了想，说道：“其实，还是有法子的。”宋之焕听言，精神为之一振，忙问道：“请问锦岚姑娘，您有什么妙招？”

锦岚笑笑，把茶杯放下，“您这儿的菜不是难吃，而是不出众，没有吸引人之处。换言之，就是太过平庸。”

宋之焕一听急了：“我可是花了大价钱招来的厨子呀！好吃的自然会出众呀！既然我这儿的菜不是难吃，那就是好吃了？怎么它就没有吸引人之处呢？！”

“您先别急。”锦岚又笑了笑，扭头看向宋之焕，“其实……您缺的，就是一味佐料。”

“佐料？”宋之焕诧异道。他回想了一下，厨房里什么都不缺，油盐酱醋都很齐全，新换的厨子虽说口味偏淡，可炒出来的菜也没少分量，该加的料都会加。自己常常去后厨检查，没发现有什么问题。宋之焕疑惑地望着锦岚，刚好与她四目相对。她那双若桃叶状的水润美眸散发出清澈的光泽，唇边浮现一抹浅笑，气质高雅出尘，宛若不可亵玩的白莲，卓尔不凡，温润如玉。宋之焕呆呆地看着貌若天仙的锦岚姑娘，不由得有些失神。他已过而立之年，却还未娶亲，他自知配不上眼前这位绝代佳人，也就没那般奢求。但再与她对视时，还是不由自主地被她的眼神勾去了魂。过了一会儿，宋之焕才回过神来，意识到自己有些失态，连忙把视线扭到一旁，不敢再看她。他不禁手心冒汗，脸色也泛起微红，好一会儿才结结巴巴地道：“不……不知，锦岚姑娘……缺的是哪一种佐料……”

锦岚没说话，只拿出了一个白色小青花瓷瓶放在了桌子上，说道：“宋老板，您看。”她将瓷瓶打开。宋之焕凑上去看了看，里面装的是一些雪白的粉末。看着很像盐。锦岚将这小瓶递给了宋之焕，他拿着瞅了瞅又闻了闻，没什么味道，又倒出一些放进嘴里尝了一下，不由得苦笑：“锦岚姑娘，您这是和我开玩笑的吧。这分明就是糖。”

“呵呵，宋老板，这可不是糖。”锦岚笑笑，又端起了茶杯，“您再仔细品品。”

“这是……”宋之焕咂了咂嘴，“这后味有些苦，也有些酸涩……锦岚姑娘，这究竟是什么佐料？为何有这般滋味？”

锦岚站了起来，面带微笑，将茶钱放在了桌上，“宋老板，从明日开始，您的厨子做饭时，吩咐他将这佐料撒进去，保准让人垂涎三尺。”她望着宋之焕，补充道，“宋老板放心，锦岚不会坑害了您的。”说完就走出了门。留下宋之焕一个人满脸疑惑。

## 02

两年以前，宋之焕逃离了闹饥荒的家乡，一路乞讨来到了扬州城。他是个孤儿，没有亲人，儿时在一家书院里被一个穷书生收养。后来当地爆发饥荒，穷书生带着他逃荒，来到扬州地界时，穷书生还是饿死了。宋之焕只能将他匆匆埋在了城外的乱坟岗。宋之焕没有任何谋生手段，此后的日子里只能依靠乞讨为生。那一日傍晚，夕阳西下，宋之焕朝扬州城城北走去，那里的富人稍多一些。他在城北徘徊一阵，却也没讨到几个钱，还不够买一个馒头吃，于是他灰心丧气地拐进一个小巷子里，想着能不能捡点剩菜剩饭，却不知怎的被一裹草席绊了一下，差点摔倒。他心里暗骂了一句，回头一看，又被吓得脸色苍白——那是一具被草席裹住丢弃在墙根下的尸体，看不见脸，只是露出了一条胳膊，他惊魂未定，只看见那一截枯黄的手腕上戴着一只镯子。那手镯浓翠欲滴，光素无痕，看起来成色极好，宋之焕由此心生贪念，望望周围，没有一个人，他心想，反正这也是个死人，这么好的玉镯戴着也没用……

杨家三姨太被谋杀抛尸小巷的消息在全城传得沸沸扬扬。宋之焕揣着玉镯在城外一所破庙里忐忑不安地待了几天，等到风头过去，他才敢回到城里，随便找了个当铺把镯子当了。这玉镯确实是上好的佳玉，一下换了很多银子。他满心欢喜地买了一身新衣服，又去全城最豪华的酒楼里吃了一顿饭。当然，他明白坐吃山空的道理，在挥霍了几天后，他寻思着用剩下的钱做一笔买卖，几经周折，他最终开了这家名为“宋记”的酒馆。

第一年的时候，“宋记”的生意还算不错，能勉强维持下去。但到了第二年，对面的祥瑞楼开张大吉，自己的“宋记”便走入了低谷，客人变得越来越少。若是“宋记”垮了，他怎么办？想到这一点宋之焕就心生不宁，难道要他再去像两年前那样沿街乞讨？他深深地叹了口气，自己已经三十多岁了，还没成家，也就只剩下这一个小酒馆了。“宋记”若是没了，自己恐怕真要像那个饿死的老书生一样，穷困潦倒地过完一生，最终只能埋在乱坟岗。不行，“宋记”是自己的根，不能垮掉！

他握紧手里的小瓷瓶，看着屋外汹涌的人潮，心里回想着锦岚说过的话，决定明天一定要试一试。

次日清晨，宋之焕让李厨子炒一盘青菜，并按照锦岚的话，吩咐李厨子在炒菜时放一点小瓷瓶里的白色粉末。说来也是怪事，若像盐、味精这样的调料，放进锅里还要翻炒一番好让菜口味均匀。但是这小瓶子里的调料，撒在菜上后立马化开，紧接着便是一股扑鼻的浓香。本来炒菜之时就有香味，但撒了这种白色粉末之后，这股香味似乎香进了骨子里，让人闻一下就欲罢不能。其实宋之焕已经吃过了早点，不是太饿，但是当这股香钻入鼻子里时，他还是忍不住夹了一筷子。菜一入口他就惊讶无比——世间竟有如此美味！他又急忙地吃了几口，竟停不住夹菜的动作。可以说，宋之焕这辈子从来没有吃过这么好吃的菜，李厨子也在旁边尝了一口，同样是一副惊呆了的表情。两个人看着这盘极其普通的炒青菜，竟有一种上瘾般的感觉，吃了一口还想吃下一口。李厨子咽了下口水，脸上堆积着笑容，说道：“掌柜的，我掌勺也有大半辈子了，还从没烧过这么美味的菜。光闻着就直流口水。您那白色粉末到底是什么东西？

嘿嘿，怎么这么神奇？”宋之焕笑了一声，刚想解释，一个伙计就从外面跑了回来，喊道：“掌……掌柜的！外面来了好多客人！说是被饭菜味吸引来的！都等着点菜呢！我在外面也闻到了！李师傅做了啥好吃的？真香！”

宋之焕暗暗吃惊，这味道竟然飘了这么远，把街上的人都吸引了过来。实在不可思议。他对伙计说好生招待所有客人，又嘱咐李厨子在每道菜里都撒一些刚才的白色粉末。李厨子一看自己炒的菜如此成功，便也来了干劲，掂起大勺开始翻炒。宋之焕看了一眼锅台上的小瓷瓶，就拐去了前堂。

前堂已然坐满了人，两个伙计忙得不可开交。宋之焕连忙上前帮忙。整整两年，“宋记”还是首次满座。不光店内，连店外也排起了长队，无须言说，自然是被这股香味吸引而来。宋之焕喜笑颜开，干起活来也麻利了许多。但是客人实在是太多，厨子只有一个，菜要一盘一盘地炒。那些来得早的客人，早就吃得津津有味满嘴油光。后来的客人只能站在旁边或是店外干巴巴地看着，闻着勾人魂魄的香味直流口水。有些人早就迫不及待，直向宋之焕催，宋之焕只能赔着笑脸，让伙计去叫李厨子做快点。这边菜还没上齐，那边又要加菜，屋外还排着一长队食客，宋之焕和伙计们都忙得焦头烂额，大堂里嘈杂无比，一时间全乱套了。

这时，一个伙计凑到宋之焕的耳朵边悄悄地说：“掌柜的，李师傅说您给他的佐料见底了。怎么办？”宋之焕一愣，心里暗叫不好，昨天锦岚姑娘给他的小瓶子本来就装不下多少料，只怪自己没向锦岚多要几瓶。他眼瞅着满满一屋子人，只能说：“叫他先按照平时那样炒。”伙计答应了一声拐去了后厨。没多久，下一道菜出锅，伙计将热腾腾的麻婆豆腐摆在一桌客人面前，一位书生模样的客人首先吃了一口，却先“咦”了一声。其他人没管那么多，纷纷拿起筷子夹菜，吃了几口，众人的动作都慢了下来，通通紧皱着眉头。

其中一个胖子忽然大喊了一声：“掌柜的！”宋之焕赶忙跑了过来，问：“客官您有什么吩咐？”胖子把筷子往桌上一撂，指了指麻婆豆腐，又指了指刚才吃剩下的韭菜鸡蛋，愤怒地说："掌柜的！你这菜怎么回事？突然变得这么难吃！"宋之焕连连赔笑。两盘菜同时在一个桌子上，虽说韭菜鸡蛋是吃剩下的，但也要比刚端上来的麻婆豆腐诱人不少，不说那勾人的香味，单从菜色上来看，麻婆豆腐就差了一大截。宋之焕心里明白，但也十分惊讶，不放锦岚姑娘那佐料，两盘菜居然会有这么大的差距。这桌子的人不依不饶，还没闹完，那边几个桌子的客人也撂下筷子不吃了——都是因为菜的问题，根本没有刚才的几道美味可口。宋之焕没有办法，面对客人们的指责，只能撒了个谎："客官们！实在是对不住！对不住！我家大厨有些生病，刚才歇着去了。这菜是我找另一个师傅代炒的！味道自然有差别，实在对不住各位！"

一听这话，门外排队的食客瞬间走了一大半。宋之焕一看不妙，连忙解释："各位客官，少安毋躁！少安毋躁！这样，今天各位的饭菜都打折，打对折，明天还是那位师傅来炒！想吃的明天再来！"众人心里虽有不满，但也只能应了。不知道是谁喊了一句："明天确定能尝到那位师傅的手艺？"宋之焕连连说："能！能！一定能！"

忙活了大半天，终于把最后一位客人送走了。宋之焕气喘吁吁地坐在凳子上，看着大堂一片狼藉，心中满是欢喜。但转念一想，明日那神奇的佐料就没有了，客人还是会吃出来，真不知那佐料是用什么做的，刚开始是甜的，像糖，后味却又酸又苦，一加到菜里，菜就立刻变得香味四溢，真是奇特。当下想要挽救"宋记"，一定要把那神奇的佐料弄到手里。宋之焕还在思索着，锦岚已经悄悄地走进了店里，一声"宋老板"把宋之焕吓了一跳。

锦岚姑娘今日身着一袭玫瑰紫绣花长裙，一头青丝盘珠翠，鬓角斜插玉簪，粉嫩的小脸娇媚嫣红。宋之焕一看是锦岚来了，赶忙起身请她坐下。他亲自沏了上好的茶水给锦岚端去。"真要谢谢姑娘了。托姑娘的福，那佐料真如灵丹妙药，解了我这小酒馆的燃眉之急。只是……只是不知道，那佐料是用何物调配而成？姑娘可否告知？如今我这酒馆估计要靠着这佐料生存下去了。"锦岚笑了笑说："这佐料能对宋老板有用，实在是极好的事情。但请恕锦岚不能告知这佐料制成的方法。还望宋老板见谅。也请宋老板不必担心，如果您还需要，请尽管向我要，我定不会有所私藏。"说完锦岚又拿出了一只手掌大小的瓷瓶，摆在了桌上。宋之焕迟疑片刻，问道："锦岚姑娘，这是您家的秘方吗？为何不肯告知我？"锦岚只是笑笑，说："其实这本就是你的东西。"

"我的东西？这什么意思？"宋之焕更加疑惑了。

"噢，没什么。"锦岚抿了一口茶，"暂时我就只有这些了，不过以后还会有的，如果宋老板缺了，就来兰亭苑找我吧。"

宋之焕一听连连道谢。两人又拉扯了一些闲谈趣话，过了一会儿，锦岚便告辞离开。宋之焕坐在大堂里，看着手中的小瓷瓶，依旧有想不通的地方。虽说这个瓷瓶比昨天的大了些，但估计还是会供不应求，如果再出现今天这种情况，怎么办？还说厨子病了？傻子才会信。他思来想去，总算想出了一个办法。

## 03

一夜之间，扬州城的"宋记"突然红火了起来。人们一传十，十传百，口口相传"宋记"的菜品是世间少有的美食，只是闻闻味道就会长久难忘。只不过"宋记"每日只接待百人，想入内吃饭，必须先在门口领取木牌，一人一张，并且一人只准点一道菜，凭木牌就座。"宋记"的菜品从那日起似乎一直在勾引着人的嗅觉，一整条街都洋溢着奇特的菜香。汹涌而来的食客争相抢夺木牌，每天开张之后，半个时辰之内，木牌必定会被抢光。尽管限制了就餐人数，但宋之焕将菜品的价格上调了许多，所以每天仍然会赚很多银子。连续几日过后，小瓷瓶又要见底了。宋之焕也没犹豫，直接去了东街找到了锦岚姑娘。锦岚姑娘没说什么，只是给了他一只更大的瓷瓶，里面装了更多的白色粉末。宋之焕看到这次比上一次要多数倍，便笑得合不拢嘴，连声道谢后回去了。

此后，宋之焕每次去找锦岚姑娘要佐料，锦岚都会拿出一只比上次更大的瓷瓶。到后来，锦岚直接给了宋之焕一个小酒坛，里面装满了白花花的粉末状佐料。在宋之焕看来，这里面装的就是闪烁发光的金银珠宝。那日回来后，宋之焕躺在床上，不由又想起了锦岚姑娘的容貌——这几日他和锦岚姑娘走得近，锦岚那水润灵动的双眸，白皙细腻的肌肤，娇滴滴的红唇，无一不深深印刻在宋之焕的脑海里。那一夜，他辗转反侧，彻夜难眠，一直在想着锦岚。他想，若是得到了锦岚姑娘，我就有了那秘制的佐料，有了这佐料，我一生必定会有享不完的荣华富贵……但，怎么样才能得到她呢？

次日一早，宋之焕便开始了自己的计划。他打算把旁边两个店铺都盘下来，三家合一，多雇几个伙计和厨子，暂时把每天限制百人上调到每天限制三百人。盘算完后，他关了几天门，花了大价钱把店铺重新整修一番。新的“宋记”门牌看起来比过去更宏伟更有韵味。然后宋之焕到了隔壁的两家店铺，谈好了价钱，将两家店都开为“宋记”分店。

全新的“宋记”新开张那天，长队挤满了整条街。宋之焕邀请了锦岚姑娘过来参观，他亲自在门口相迎。正候着，一位身着青色长衫的男子出现在了门口，宋之焕看着他，总觉得他有点面熟，却想不起来在哪儿见过。那男子走到宋之焕面前，行了个礼，似笑非笑地说：“宋老板，恭喜恭喜，近来可好？”宋之焕定睛一看，这客人好像前几天来店里吃过饭，只是最近客人太多，记得不是很清楚。他连忙回礼，以为是个贵客。正巧，锦岚姑娘从远处走了过来。一看见这男子，便先向他打了个招呼，随后冲宋之焕一笑，给他介绍道：“这位是祥瑞楼的严老板严立清。”宋之焕心中惊愕，原来这就是扬州城第一酒楼祥瑞楼的老板严立清，他在全城可是响当当的人物。但是……他前些天居然在自己的酒楼里吃饭，原来这人是伪装成了食客来我这儿打探消息的……

宋之焕正思索着，另一边严立清却先和锦岚姑娘攀谈了起来，两人似乎是多年的好友，相谈甚欢，把宋之焕晾在了一边。宋之焕见状，忙上前插话道：

“我为姑娘预备了二楼雅间。若有时间，不妨上去坐坐。”锦岚微微俯了下身，回道：“多谢宋老板这般照顾。”又扭头对严立清说，“严老板不如一同上去坐坐？”严立清淡淡地笑了一下，瞥了一眼面色铁青的宋之焕，道：“那今日，我就陪姑娘坐一坐。”

今天宋之焕原本是想和锦岚姑娘单独闲谈喝酒的，却没料到来了一位不速之客。他又想在锦岚面前表现得大度一些，只能将二人都邀请了上去。三人坐在雅间里，严立清与锦岚姑娘侃天谈地，从琴棋书画聊到茶酒诗词，聊得异常投机。而宋之焕坐在一边，只是闷闷地喝酒，一句话也插不上。许久之后，严立清终于告辞先走一步。临走前严立清拱手道：“锦岚姑娘，下次再见，定要与你不醉不归！”锦岚也远远地举起杯子，笑着道：“那今儿就和严老板定下了。下次可不许早退。”两人相视而笑，眉目间满是默契。宋之焕在旁边尴尬地瞧着，心中蹿起一股莫名的火气。他喝了一口酒，望着严立清离去的背影，愈发憎恨。

锦岚姑娘却在一边对严立清赞赏有加：“年纪轻轻就开了扬州城第一大酒楼，博学多才，知书达理，也常听闻他的酒楼施粮食救济逃难的人，相貌英俊，品行端正，像严老板这样的人，实在少见，若是哪个女子跟了他，那可真是有福气。”

锦岚继续赞赏着严立清，只是没有注意到宋之焕脸色的变化。他死死地攥着酒杯，目光变得阴沉。

## 04

后来宋之焕才听说，那严立清与锦岚姑娘是旧相识，比他认识锦岚的时间都要早。从那以后，锦岚姑娘闲暇之时来“宋记”喝茶，对街的严立清总要跟过来，和锦岚攀谈许久，聊得酣畅淋漓。宋之焕看在眼里，恨在心里，每每听见严立清那狂放的笑声他都觉得浑身不自在。想插话却也无话可说，只恨不得把那严立清撕成碎片扔出去——但他又不想在锦岚面前表现得太粗鲁。他只能尽量压制着自己的怒火。那一晚严立清难得没来，他陪着锦岚姑娘聊了很久，准备打烊时，他送锦岚回去。两人走在幽静的小路上，宋之焕看着锦岚姑娘纤细修长的身段，嗅着她身上清淡幽然的芳香，一时入了迷。锦岚一眼瞥见宋老板在盯着自己看，只淡淡一笑："宋老板在看什么呢？"宋之焕一惊，赶忙将视线挪开，支支吾吾地说："锦……锦岚姑娘……其实，我……我一直都想对你说……"

"锦岚姑娘！"一个熟悉的声音从二人身后传来。宋之焕回头一看，果然又是严立清！他向这边招招手，然后跑了过来，手里还拿了一本册子，"锦岚姑娘！正巧在这儿遇见你了！哎？宋老板也在啊。"他瞄了一眼立在一旁的宋之焕，随后又转向锦岚，"锦岚姑娘，喏，这是你上次想找的琴谱。我在市场上转了好久才淘到的。"他把手里的册子递给了锦岚。锦岚接过去翻看了一下，莞尔一笑道："对，就是这本。真是谢谢严老板了。二位老板若没什么事，倒不如随我去兰亭苑里坐一坐，顺便听锦岚弹奏一曲？"严立清立马答应了下来。两人看着宋之焕，等他的回答。宋之焕皱皱眉头，有些不甘愿地说："店里还有些事，我这次就先不去了，改天吧。"随即和二人道了别。看着锦岚和严立清走远的背影，宋之焕觉得心里五味杂陈。他在回酒馆的路上一直胡思乱想，越想越不对劲。这严立清为何要与锦岚走得这么近？难不成……他也知道那佐料的事了？如今祥瑞楼的生意大不如以前，若是他得到了那佐料……

想着想着，他又想到了锦岚。锦岚姑娘身上那种独特的幽香，还有她那双如画的柳眉，明媚的双眸，玲珑的小嘴，窈窕的身段……宋之焕愈想愈心痒难耐。那一晚，他躺在床上暗暗发誓，一定要得到锦岚。

次日傍晚，宋之焕喝了很多酒，借着酒劲去了兰亭苑，进门就要找锦岚姑娘。伙计忙领他去二楼的雅间里候着。过了不久，锦岚推门进来，像是刚上台演出完，浓妆还未卸。她的脸颊施了红粉，比以往多了一层妩媚。宋之焕一看是她走了进来，立马变得心神不宁，坐立难安，目光也不知道放哪儿好了。锦岚扬起嘴角说道：“宋老板今天怎么有兴致来我这儿了？”宋之焕回应道：“嗯……听闻锦岚姑娘的琴声乃扬州城第一，只是在下认识姑娘这么久，也从未听过。真是遗憾。”

“那今日锦岚就专门为宋老板独奏一曲。这边请。”锦岚俯身一摆手，邀请宋之焕去了隔间。二人坐定，锦岚轻抚琴弦，一阵清婉流畅的琴声随即绕耳而来，如涓涓流水，又如振翅欲飞的蝴蝶，起手落手之间，琴音时而低沉时而高昂，一会儿轻柔婉转，若长流细水；一会儿又变得幽咽惆怅，若伤逝别离。宋之焕痴迷地望着锦岚弹琴的模样，望着她那双纤纤细手，又入了迷。过了不久，他情不自禁地攥住了锦岚的手，嘴里念叨着：“锦岚姑娘……”锦岚一受惊，琴声便突兀地断了。她连忙挣脱了宋之焕，站起来后退了几步：“宋老板，请您……请您自重。”

宋之焕呆了呆，又笑了笑，从口袋里掏出一只翡翠玉镯，“锦岚，我对你的心意，想必你是知道的。这，是送你的礼物。”锦岚看了眼那玉镯，说道：“多谢宋老板一片好意，锦岚心领了。只是，这镯子我不能收。宋老板，锦岚只把您当作知心朋友，切莫因此断送你我二人的情谊。”

宋之焕攥紧了玉镯，追问道：“锦岚，你要不再好好想想？我有钱，可以帮你赎身，可以送你很多金银首饰。你以后跟了我，断不会委屈了你，你……”

“宋老板！”锦岚打断了宋之焕，声音里透露着一股冷漠，“请宋老板不要说了。我们之间是不可能的。也请恕锦岚说得直白，如今宋老板的一切，还不都是锦岚给的吗？”

宋之焕呆住了。是啊，如果不是锦岚给了自己那神奇的佐料，说不定如今的“宋记”早就倒闭了。但宋之焕仍然不甘心地问：“锦岚姑娘，莫不是因为那严立清？”瞅见锦岚不说话，宋之焕便恼怒了起来：“那严立清有什么好？不过生得一副好看的皮囊罢了！他给了你什么？！”

锦岚淡淡地道：“我与严老板只是知己。与我和您一样。”

宋之焕还想说点什么，门却被打开了。一个伙计朝里面看了看，问道：“锦岚姑娘，我听见有争吵声，莫不是遇见了什么麻烦事？”

锦岚走到一边说：“没事，宋老板喝醉了。你送宋老板回去吧。”伙计答应一声，说了句：“请宋老板这边走。”宋之焕无奈，看了看锦岚，只得悻悻离去。

宋之焕走在路上，回想刚才的场面，心里愈发难受。又想到了严立清，他基本确定锦岚拒绝了他就是因为严立清。那家伙刻意接近锦岚一定不怀好意。什么知己什么真心朋友，他才不相信这些。他俩的关系已经不寻常了，再这样发展下去，难保锦岚会对那个严立清动心。如若他们俩好了，那佐料肯定就是严立清一个人的了。

宋之焕回到“宋记”后，天色已经一片漆黑。他望着对面的祥瑞楼，不禁攥紧了拳头。

## 05

那天下了一整晚的雨。次日清晨，雨终于停了，宋之焕坐在“宋记”的大堂里，看着对面围满人的祥瑞楼，暗暗窃笑。过了不久，严立清的尸首被人从里面抬了出来。

严立清是夜里遇害的，死因是服下过量的毒药。但至于是谁下的毒，官府还没有一个公开的审判结果。两日以来，严老板被人害死的消息在全城传得沸沸扬扬，自然也传进了锦岚的耳朵里。那日傍晚，锦岚弹完琴从台上退下，在屋里卸了妆，随后上了阁楼。那阁楼本是储藏旧物的地方，杂乱不堪，也无人收拾。锦岚慢慢地朝黑暗里走去，拐了两个弯，到达一个死角后，她俯下身，将一只大米缸上的木盖揭开，里面全是白花花的粉末。若仔细观察，这白色的粉末仍在不断地往上涌。她叹了口气，自语道：“这人比上一个还要贪婪。真不知这世间还有多少这样的人。”

她下了阁楼回到房间，吩咐丫鬟给她准备热水。正要解衣沐浴之时，门突然被推开了，一个身着黑衣的人闪了进来，随即关紧了门。锦岚心中一惊，警惕地问：“谁？”正想大声呼救，来人却将自己的面罩摘了下来，说道：“锦岚姑娘，是我！是我！宋之焕！”

宋之焕见锦岚一脸惊诧地看着自己，赶快解释道：“姑娘不必担心。我这次来就是想问问，你那佐料还有没有了？”锦岚沉默片刻，眼睛盯住宋之焕，轻轻地说：“宋老板，我问你，严老板是不是你杀死的？”

“这……哎呀！我没想杀他！”宋之焕急了，“那天我喝了点酒，想和他开个玩笑……我也是一时糊涂，去拜访他，在他酒里下了一点药，想着让他病上几天，却没承想放多了……我真不是故意的！”

见锦岚不说话，他继续说：“锦岚，我求求你帮帮我。现在衙门的人已经开始怀疑我了，我不能再在扬州城待下去了。我打算把酒馆卖掉往南走。你知道的，我需要你的佐料，反正你也说，自己留着没用……”

锦岚叹了口气，领着他上了阁楼。拐过两个弯，来到大米缸前。“只剩下这一缸了。你带着它快走吧。”锦岚指了指米缸。宋之焕一脸欢喜，他吃力地抱起米缸，刚想走，却又回头对锦岚说：“锦岚姑娘，你不如……你不如和我一起走？你知道我对你是真心的，我们一起走，到了南方，随便找一处小镇落脚。反正有这佐料……”

“宋老板，你不要得寸进尺！”锦岚嗔怒道，然后又叹了叹气，挥挥手，“宋老板快走吧。再晚一会儿，衙门就要抓你回去问罪了。”

宋之焕应了一声，虽有不甘但还是迅速离开了。他拖着沉重的米缸上了一辆马车，一路狂奔出城，连夜逃到了野外，计划着一路向南走。只是这马是他仓促寻来的，有些瘦弱，并不是什么好马，而这米缸又太重，当天就把马压得喘不过来气了。第二天一早，宋之焕使劲抽打着马背，想着到前面的镇子上再另寻好马。只是没承想，他驾着马儿经过一座桥的时候，马儿力不从心脚下失控，竟嘶叫着摔进了河里。河水异常湍急，马和行李都被瞬间冲走。宋之焕死命地抱住了米缸，无奈他不会游泳，无力抵挡急促的流水，而旁边又都是荒郊野岭，无人可以求救。不一会儿，他就被汹涌的河水吞没了。

## 06

兰亭苑里依旧歌舞升平。人们都在热闹地讨论最近发生的几桩案件。这边祥瑞楼严老板的命案尚未有下文，那边“宋记”的宋老板却又溺亡在城外的西凉河中，死状凄惨，尸体都被泡得浮肿了。锦岚在旁边听着，听多了也觉得厌烦，于是回了屋，开始自顾自地弹琴。过了一会儿，一个伙计在外头敲门说：“锦岚姑娘，隔壁有位名叫黄三儿的酒馆老板，说要找您。”

她答应道：“邀他去楼上雅间吧。我换身衣服就过去。”

锦岚推门走进了雅间，看见那黄三儿正在位置上坐着。她嫣然一笑，问道：“黄老板，最近生意可好？”黄三儿笑道：“托姑娘的福，我店里最近天天排长队。只是，上次你给我的那白色佐料，我又不够用……”

黄三儿长得肥胖，满面油光，笑起来令人厌恶至极。锦岚尽量不去看他，只笑着道：“有的。这东西，我留着又没什么用。”她拿出了一只小瓷瓶，放到了桌子上，继续说，“这次要比上回多一些。还请黄老板节省着用。不够了再来向我要。”

黄三儿将小瓷瓶捧了起来，像得到了宝贝一样将它揣在怀里，咯咯地笑个不停。他谢了又谢，脸上的肥肉堆积在一起：“真是多谢姑娘了，多谢了。”

锦岚笑道：“黄老板客气了。这本就是你的东西。”二人又寒暄几句，黄三儿就走了。锦岚看着黄老板欢喜的背影，不禁叹了口气，隔了一会儿，她又笑出了声。这黄三儿才来扬州城没几天，就用自己全部的银子盘了一家酒馆。刚开始生意惨淡，一个偶然的机会，锦岚将那神奇的佐料给了黄三儿，就从那日开始，黄老板的酒馆便红火了起来，似乎有一点当初“宋记”的味道。但锦岚心里明白，这黄三儿的命也不会长久了。

其实，世间哪儿来那么多神奇的佐料。锦岚不过是另一个世界的来客，她擅于将人们的欲望研磨成白粉，磨出的粉看着像盐，初品如糖，后味既苦涩又发酸，其实那即是人们内心深处最邪恶的贪念。锦岚走上阁楼，拐了两个弯，来到了一个崭新的大米缸前，揭开米缸的盖子。里面的白粉虽然不多，但却疯狂地增长着。这黄三儿似乎比先前那宋之焕还要贪婪。但话说回来，世间谁人不贪，人们的贪欲就像无解的毒药，食得越多，心里的无底洞便越大，最终只会反被吞噬。这米缸即是锦岚研磨欲望的利器。真正让人欲罢不能的，并非饭菜的香味，而是人心中罪恶的贪念罢了。她将盖子重新盖上，走下了阁楼，看着楼下嘈杂非凡的人群，一脸冷漠。

*Part*

*4*

# 好久不见

遥远

我们才是最相近的

嗨，好久不见

在轮下

# 遥远

文 ♦ 三水

第二十一届全国新概念作文大赛一等奖获得者

边陲小镇，离东部发达地区很远。镇上大部分的男人都去了外地，留下大批妇女在家务农、带孩子，以及“唠家常”。经济滞缓，仿佛这里已经被社会遗忘了，以至于电话在这里还没有普及开来。想男人的时候，就去镇上唯一一家邮局寄信，平信怕丢，快递太贵；有男人在外面混得好的，回来就会把家里的女人接到城里去住，前提是这男人还有良心。

每次有女人被城里的男人接走，就会引起剩下所有女人的注目。男人会爽气地摆一桌“离别宴”来阔别邻里乡亲，俨然成了这里的一个传统。

江孜和母亲刚搬来这里的时候，江孜就说：“这里的人腐朽、无知、庸俗。”

母亲没有任何语气地回答道：“和你差不多。”

江孜说：“你迟早也这样，哦不，你早已经这样了。”

153
154
155
167

这对母子和镇上的人比起来，算是特别，毕竟镇上的女人带着小孩，总盼着男人会接自己去过好日子，而江孜的母亲却没有这个盼头。或者说，不应该有这个盼头。

在这个小镇生活了九年，江孜也快初中毕业了。这天母亲离昉突然问起他：“你想考哪个高中？”

江孜从来没有考虑过这个问题，也有可能是江孜觉得根本没有选择的余地——镇上唯有一所劣等的高中，几年来从镇上考出去的初中生比被男人接到城里去的女人还少，江孜以为，他的青春，早已注定。

“你难道也想和镇上那帮小混混一样上那所破高中？”

江孜依旧不作声，于是离昉心中的火气便又积了一层。

“你不说话我就当你没这么想，你最好不要这么想！我跟你说白了吧，你要是不考上一个镇子外面的好高中，我就当没你这么个儿子！”说罢，离昉愤懑地从江孜的身边走过。

听完这句话，江孜似乎觉得有什么东西在刺痛自己的内心。

离昉忽然听到背后江孜的声音响起，幽幽的嗓音让人起了一阵寒意：“如果不是你，我现在也不会沦落到此。”

“我害的你？”离昉忽然笑了出来，她转过身揪住江孜的衣领，“我告诉你，把我们逼到这里来的是你老子江文山。他抛弃我们，你不恨他反倒来恨我？果然父子一个德行！”

江孜于是又不说话了。

已经接近黄昏的时刻，最后的几缕阳光架在那扇瘦长的落地窗上。离昉穿

着极为宽松的拖地睡袍倚在窗边，欣赏落日余晖，难免惆怅，难免追忆。她也在想男人，可是她却没法向那个男人道出自己的相思，哪怕是寄一封挂号信。

她总是这样，总喜欢把最细琐的幽怨放在哀愁的眼神里，像个年轻的怨妇。

有时候她会从江孜身上看到江文山的影子——他沉默寡言，四肢清瘦，眼神漠然。

离昉认识江文山时，江文山是个不入流的写手，连作者都算不上，更别说作家了。

离昉每个月都会买同一本没什么名气的杂志，那杂志有干净的封面、清晰的印刷，虽然字里行间总是插着些广告，但她也能理解，毕竟是小刊物，总要拉点赞助才能生存下去。于是江文山唯一的一次发表，便被离昉看到了。非散文，非小说，简简单单两句卷首语，折算稿费，可能连一斤青菜价的零头都没有。

他这样写：

我还是劝慰我自己，你如果快乐，那么我也应该快乐。所以每当你笑靥如花之时，我也就强迫着自己笑笑，不作他想。

不久以后，我发现自己真的就习惯对你笑了，于是另作他想。

落款是“文山先生”。

“呵。”离昉在心中轻蔑了一声，文天祥要是知道后人盗用他的名号写出了如此矫情的词句，怕是比“元人入京”更加愤懑百倍。

也许是这人写的东西太拙劣，拙劣到让离昉一个月不能忘怀，十分期待下月的期刊他会写下什么。可惜再也没有见到，这个叫“文山先生”的家伙仿佛是她虚构出来的。她于是写了信到杂志社去，很久没有回复，也就作罢了。

半年后的某一天，母亲让离昉下楼整理许久不曾光顾的邮箱。在重重叠叠的银行白色账单里，离昉忽然发现了一封面上用手写的信。拆开时，信纸已经受了潮，卷起了波浪纹。信上只有一句话：“许是我写得不好吧。”落款是“江文山”。她已揣度出是“文山先生”的回信，也回想起当初自己写给他的信的内容：“为何只有两句卷首语？但愿有幸能再见于此期刊。”

最初到小镇的那两年里，离昉每晚都会捏着那张写着短短一句话的信纸哭。劣质信纸上的墨迹在眼泪里泡了两年，变得像只小花猫。她不关门，似乎并不怕被江孜看到自己的柔弱。

江孜只会站在门框里，从不说一句话，不安慰、不抱怨，这也是离昉最感庆幸的事。他从不问自己的父亲去了哪里，迷离的眼神没有方向，一副“我爸去了哪儿，关我什么事儿”的样子。

离昉知道江孜在学校里也很少和人交谈，小学的班主任也曾经想让离昉带江孜去医院看看，是不是得了自闭症什么的。可是离昉心里清楚，他虽然孤独，但是并不脆弱，像极了江文山，于是向班主任推说：“我们家穷，就算诊断出来真得了什么病，也看不起，就随他去吧。”

雨过桥，风把离昉的伞吹起又抛下。她很少接江孜放学，为了生计终日奔波。一年之中只有江孜的生日她会来，可是江孜不知——她在江孜上初中前从未告诉过他他的生辰年月，所有有关他出生证明的文件都被离昉反锁在家中，仿佛极不愿承认江孜的存在。

烟雨灰蒙一片，许许多多母亲身着雨衣，驾着电瓶车，然后她们的孩子会坐在后座上，躲在母亲的后半截雨衣里，依偎着，蜷曲着。远远的，她便看到江孜走来，和往常不同，这次是两个人。江孜在远处似乎也望见了离昉，示意了身边的人一下，然后两人便分道走。

到了离昉面前，她问：“你的朋友？”

“算是吧。”

“很难得。”

好像还是个女生，离昉心中思忖着。

而今的离昉在镇上的邮局里找了一份薪水微薄的差事，专替人收发邮件。勉强养活了江孜和自己，但生活依旧如一潭死水，在外头算半个死人，在家时，便纯粹是两个死人，话少得可怜。

离昉其实很希望江孜能够考到外面去，她自己已经是这副样子了，不想江孜也被束缚在这里。她也终于明白了那时候父母费尽心思地要自己读书的苦衷，即便当年下了决心将来不要变成这个样子，可将来来临的时候，有些事还是改变不了。就像小时候觉得几块钱的芹菜很便宜，可现在却为了那一角钱和衣衫褴褛的卖菜老奶奶争得面红耳赤。

是个春末的下午，离昉趴在桌子上犯困。许久不见人来寄信，怕是想男人的女人越来越少。“丁零零”一阵响，门上的风铃击打出一阵清脆悠扬，是离昉久违了的生机。听推门的声音，离昉就知道是个年少的人，走进来时略显急促，略显活泼。

果然是个很俏皮的女孩子，离昉仿佛看到了年轻时的自己，有活力。

她穿着一身浅绿色的碎花洋裙，按说现在的女孩子都喜欢走中性路线，难得看到女孩子穿裙子，显得端庄复古又不与时代脱节。

“阿姨，我要寄信。”很甜美的嗓音。

“啊，好的，你要寄什么类型的？”

“挂号信吧。”

“哦？难不成你是要寄给自己的男朋友？”离昉难得心情这么好，开起了玩笑。她没想到这姑娘居然脸红了起来，手指揉搓着一小截裙摆。

“哪有，阿姨，我还没有男朋友呢，只有……喜欢的人……”最后的那四个字她有意降低了声线，显得娇羞可人。

“喜欢一个人没什么不好意思的，为何害羞？”

“因为这是第一次喜欢一个人呀！”

第一次呀，第一次呀……

第一次喜欢一个人是在什么时候？离昉记得她怀揣着那短短的回信兴奋了整整一个星期。后来的日子里回想起来，连自己都不明白为何要如此高兴。她火急火燎地写了封回信，无非是询问了下近况，可有发表什么东西之类的。半个月后收到回信，依旧是简简单单两句话：“承蒙错爱，却再未发表些许，已然到了没有勇气提笔的地步，惭愧惭愧。”

很有礼貌的字句，让人觉得亲切而遥远。离昉开始幻想起文山来。少女的心中充满着幻想，要揣摩出一个人并不是难事。

最初只是你来我往的两三封信，渐渐地，由信所编织的藤蔓生长得越来越深厚，连绵不断。

离昉也得知了，文山就住在本城，已是个有婚姻的人，只是妻子不孕，未能育得一儿半女，因此婚姻一直不幸福。妻子被诊断不孕之后便变得脾气暴躁，总是变着法子折腾文山，文山不能骂她，也不能打她，更不能提出离婚，因为无论做什么，总会被外人当作自己嫌弃她，而她的娘家人自然也不会轻易放过他。当离昉问及文山如今靠什么养活家人时，文山只是轻描淡写地回了一句：“供职于一小报刊，替人传发文件，得幸为几个瓶颈期的作者代笔，挣些外快，薪水微薄，多被恶妻挥霍。”

离昉照例回给他一些鼓励的话语，说如今为人代笔，也是为将来出头积攒经验，既来之，则安之。文山回：“但愿如此吧，我这一生没有方向，不求富贵，只求平淡。”

“我想见你。”

离昉终于在信纸上写下了这句话，一笔一画。她故意转变了语气，这样念起来似乎觉得他们的关系不一般，并非一般的读者与作者。

这次，离昉等了好久才等到了文山的回信。许是他在踌躇吧，她这样以为。

他们约定了在一柳荫道边的第七张长椅会面，男左女右，文山在左道上等，离昉在右道上等，直到看见了彼此。那天，离昉穿了件干净的白裙子，在她眼中，舞文弄墨的人总喜欢素雅的扮相，大红大紫易晃瞎他们的眼。裙子盖过膝盖些许，依旧露出了小半截细长白皙的小腿，惹人怜爱。

她等了好久，浓密的柳荫伴着风，拉着裙摆，勾画出她少女的轮廓。她捋了捋飘起的长发，可不想见到他时像个疯女人。

他终于来了。坐在对面的长椅上，戴着那时普及的金丝眼镜，既显稳重，又不失风采，单薄的风衣里贴着衬衫。他朝对面的离昉端详了一会儿，却始终不肯主动上前询问。他不开口，她便等候。

俄而他起身，沿着路走。她亦然，踏着灵巧的凉鞋。两边同步，时而看看彼此，时而看看各自脚下的路。不知不觉，路线倾斜向路中央。比肩时，依旧是离昉先开的口。

“文山？”

“我不曾想到你还这么小。”

“年龄不是衡量一切的东西。”

“或许……或许我们都只是认识自己臆想中的对方。”

“那么给我个机会重新认识你。”

这时，文山忽然停了下来，侧过身来面对着离昉秀净的脸庞。

“我，是否值得你认识？”

“等走过这段路，我再告诉你。”

于是一直走，一直走，仿佛没有尽头。

回到家中，阴暗的空气，只有卧室里隐约闪烁出些许白光，江孜还算听话，知道回到家中先去写作业。

离昉走到门边，敲了两下，示意他可以出来吃饭了。

晚餐很简约，一荤一素，一红一绿。

筷子交错，彼此隔阂、日夜蹉跎。

“成绩可有进步？”离昉率先开了口。

“一如既往。”江孜没好气地应付着。

离昉问得简单，江孜答得也简单。

晚餐过后，今日本轮到了江孜洗刷餐具，可离昉却说让她来收拾吧。江孜会意，他知道离昉是想让他有更多的时间复习功课。

“有时候我在想……”江孜忽然用哀叹式的口吻对离昉说，“既然如此后悔，为什么当被父亲抛弃的时候，你不像他一样抛弃我？”

锅子被铁丝球刷得“嘶嘶”作响，洗洁精被溶解，不断泛起细小的泡沫。

“我从未对你说过后悔，我也从未真止地后悔。”

“我知道，有了我，于你而言是一生的错误。”

“这些东西，多说无益。”

江孜泡了杯热水，默然地走进房间里。

离昉忽然感受到了一阵心酸，框不住的眼泪滴进了充满泡沫的水池里，分解在一大堆没吃干净的饭粒之中。

她忽然想起了白天的那个小女孩。后来，她时不时地期许着，如果江孜能够像那个姑娘一样活泼就好了。很大程度上，两人间的互不搭理，是因为他俩都不肯主动服个软。要是江孜能活泼点，或许她也能忘记过去了。

这天晚上，她拿出了许久不曾看的一些老信件，依旧是俊秀的笔迹，好像看着看着，文山俊秀的面庞也就映了出来。她竟有了想和文山写信的冲动，这还是多年来的第一次。或许是这么久的时间，恨也消磨光了吧，只是习惯了被抛弃的生活，再次燃起希望，她却又有些不习惯了。

她把想写的东西在心中过滤了一遍，筛选出些平静的辞藻。

文山，近来过得可好？

我知道很多事情都瞒不过你，就像我给你写这封信，你一定也猜得到，我是想知道你这些年来是否对我们母子尚怀有愧疚。他们说恨也是因为爱，那我现在不恨你了，是不是也说明往昔对你的爱，也差不多抽干了？

即便曾经那么那么恨你，也一直都希望你能活得快活些。你的妻子，是否依旧骄纵如往昔？如果是的话，也请你多体谅体谅她吧，年轻的时候，我并不知晓作为女人的艰辛，生活总是留给每个人苦衷，原谅我那时的孩子气，也谢谢你那时宠溺着我肆无忌惮的少女心。

江孜的学校开家长会，我很少去，因为和他同学的家长站在一起，他们会问我是不是他的姐姐，我羞于启齿。后来，还是江孜劝慰我，说我和其他的家长比起来，还算年轻漂亮。

当初每月必购的杂志，我也许多年没看过了。我不知晓你是否还在那上面发表过什么，可我多么希望你能再写些什么在上面，哪怕是很短很短的卷首语，只要是关于我的就好，算是纪念吧，人长大了，总喜欢怀旧。

我还是这么多愁善感、矫情做作，江孜总说我像个怨妇，我想，怨妇和弃妇，本质上也没多大差别吧。

江孜也长大了，可是依旧是那么冷漠，无法用成熟或者幼稚来形容他。我与他相依为命这许多年，竟从未看透过他，你是否也觉得这是我作为母亲的失职？不过有什么关系呢，毕竟，还有你这个失败的父亲为我垫底呀。

你从未见过他，他也不知道他还在我腹中时，他的父亲曾决绝地要泯灭他。科技的进步多给了男人一条路走，也就可以心安理得地在女人流产之后便走开。可我倒是宁愿回到过去，我不希望你有这样的选择，如果这样，你当初是否也能无可奈何地接受我呢？

我猜，或者是我想象，你当时，必然也承受了许多压力吧。你的妻子会逼着你不与我往来，你的岳父岳母会骂你不知廉耻，就连你的母亲，也会痛心于你的所作所为。于你而言，对于家庭的责任似乎比我更重要些。等我想到这些的时候，你连一个让我原谅你的机会都没给我。多么讽刺，可是，也只能如此。

她对折信纸，从旁拿出一个信封，塞了进去，随即她把信丢到了纸篓里。她知道这是没法寄到他手上的，她连他的地址都不明了。

离昉把头埋进枕中，多年不曾更换的枕套也被时不时落下的泪泡得发黄。

次日，她起来时，江孜已经在吃早餐了。离昉走出房门，迷迷糊糊看到桌子上泡了两杯麦片。她问：“你泡两杯干吗？一杯还不够你喝啊？”

江孜没拿视线对着她，缓缓地说：“一包麦片不够甜，两包又过了，我泡了一包半，剩下半包不想浪费，你要喝的话你喝好了。”

离昉此刻心情很不好，生活本就拮据，她看不惯些许的浪费。可是看看时间，已经来不及教训江孜了，她唯有快速把那杯麦片倒在了水池里，拿了两个馒头就往邮局赶。

离昉走后不久，江孜无奈地叹了一口气，发着呆。直到听到楼下一声清脆的叫唤，他才回过神来，急忙背上书包下楼。到了楼下，他牵起了一个女孩的手，温柔地笑笑。

转眼便已深秋，每个人都穿上了厚重的衣物。江孜唯一一件能够起保暖作用的衣物，是文山留下的。挺拔的大衣，小时候的江孜穿上时，像条拖地长裙，而今，他不算健硕的肩膀却也能把大衣撑得有棱有角。

有时候离昉会看着穿大衣的江孜发呆，有时也会上前替他整理下打褶皱的领子。江孜有次问她："这大衣，应该是当年某个比较冷的时候，父亲为了不让你受凉，脱下来给你保暖的，对吧？"

"这种现在已经被拍烂的场景，让你觉得狗血是吗？"

"虽然狗血，却是经典桥段，人总喜欢怀旧。"

离昉听到这话略微一震，怀旧的心，总是那么让人不知所措。

离昉曾经问过文山，他写作有何目的没有。文山莞尔："不过是在坚持自己喜欢的事情罢了。"那已经是两人熟识很久以后了。

"你只给我看过你写的散文和诗歌，为什么从没见你写过小说？"

文山回答："小说需要经历，我苟活至今，生活比白开水的味道都淡，怎写得出小说呢？"

"那你遇见我之后，是不是就有经历写小说了？"离昉朝他笑笑，一双细滑的手向上伸展，触碰到文山的脸颊。文山下意识地后退了两步，把脸别过去。

"你在害怕。"离昉似有不满。

"你的手很冷。"

“你这是在逃避。”

两人沉默良久，离昉又开口：“你的手，应该是暖和的吧……”

文山凝眸注视着那边的湖，似有解不开的雾，在湖上，也在他心上。

离昉和他面朝同一个方向望去，她的手轻轻碰了下文山，文山不动声色，离昉想，还是算了。

忽然之间，离昉细嫩的小手被包裹在一片温热之中。她感受到文山心中的忐忑，手心里不断渗出汗，可是那么温暖。

她看了看文山，心中窃喜。

“你定能以我为蓝本，写出一部出色的小说！”她像是庆祝一般喜悦。

文山没有看她，但是握着的手，似乎更紧了些。

“吻我。”

“什么？”文山怀疑自己是否听错了。只是他还没有来得及反应，两片莹润的唇便已贴在了自己脸上。整个身体停滞了两秒钟，直到这个吻结束。

“我说吻我。”离昉此刻看文山的眼神异常笃定。

四目相对，文山心中似焕发出了别样的生命力。躁动，让他无法自拔地吻住了离昉，着实美妙。

他说：“爱我。”

一切都变得骨感的秋，唯一能让离昉觉得自己尚且活在人间的，也只有不定期会来寄挂号信的那个活泼的小女孩了。

从春天一直到秋天，这个小女孩经常光顾邮局。离昉不问她的名字，因为萍水相逢的人不应了解深厚，等到哪日失去，便是后悔也来不及了。总是能见到她也挺好的，离昉心中这样想着。

有几次离昉特意关注了下信封上的地址，发现她寄的全是同一个地方。直到有一天，离昉按捺不住好奇心，问了一句：“你寄这么多信过去，想来定是有重要的事务吧？”

“其实，我只是替他人寄这些信罢了。”

离昉不解，继续询问。

“其实也很好猜啦，那个我喜欢的男孩子。”她想了想，继续说，“阿姨，你知道从我们镇上考出去的学生每年有多少吗？”

“只手可数。”

“我喜欢的那个男孩子，他很想去外面，不想一辈子待在这个没有生气的地方。于是我问他，他有什么想法，他说他成绩不好，想考出去是不可能的，他只会写作，听说有个知名度很高的作文比赛，只要得奖了，就能得到声望，就能离开这里。即便每年都有几万人参加这个比赛，获奖概率渺茫，但他不放弃。怎么样阿姨，他是不是很棒！”

“确实如此，这样进取的男生现在很少，尤其是在我们这样的小镇里。”

离昉似乎是在为这个女孩找到一个这样的男孩高兴。当我们都成熟了，那些过往未曾得到的，能看到后来人取得，不失为一种快乐。

女孩笑得很甜，充满幸福的样子，她继续说：“其实他还要感谢我哩！他的每篇原稿，都是由我亲自誊抄下来的，长的要上万字呢！还有那报名表，是附在某本杂志上的，为了给他收集报名表啊，镇上所有报亭老板都快认识我了……”

离昉觉得眼前这个女孩如此美好，替一个值得为他付出的男生付出。每个人从一出生就注定要为注定的人付出，关键在于是否值得。与这个男生比起来，离昉觉得江孜与文山都是那么混账。

“他还总是开玩笑逗我说，等他拿了稿费啊，就给我买冰激凌、巧克力，还有蛋挞……唔……我想想还有什么……”她自言自语起来。

巧克力啊……离昉忽然回想起第一次吃巧克力的时候，还是文山带她吃的呢……

台灯的光线晃得离昉很不舒服，她望向窗外，顺着影影绰绰的树枝向下看，路灯暖黄的光线下，是个瘦长的身影。她直起身，略显惊讶，推开窗户，才发现，那个人也在朝自己的窗户看。

她知道那定是文山。

离昉朝他笑笑，即使这么暗的光线下，他并不见得看得清。文山向她招招手，走到她的窗台下。她家住一楼，距离地面只有一个车库的高度，于是她试着从窗台爬下楼去，以避免被客厅的父母发觉。及至双脚触地，文山已经紧紧搂住了她。她双颊微红，格外俏丽，发丝贴在文山脸上。

良久，文山从身后拿出一个盒子。

“这是？”离昉显得惊讶，把盒子上的那几个英文字母拼凑起来——费列罗。这个牌子的巧克力在当时才刚刚进入中国市场，普通人家鲜有舍得花钱购买的。

“先尝一个吧，我想看你吃下。”

离昉听话地从中拿了一个，剥开锡箔纸，放入嘴中，甜腻的味道瞬间填满口腔。

“这一盒都是你的了。”

“这……”

“是拿我最近的稿费买的。”

“是小说吗？”

“嗯，如你所言，写了篇短的试手，竟成了。”

她双臂抱住文山的腰际，缓缓地吐出几个字来：“我一直相信着你。”

从梦中醒来，已接近傍晚。她没想到秋天的下午也这么容易让人犯困。其实那个回忆的梦并没有做完，只是，她不愿意再睡下去了。那些事，即便不做梦，她也记在心里。

离昉忽然收到了文山的来信，信中的措辞与以往不同，不像一个人写的。那上面要求与离昉见一面，即便觉得奇怪，但离昉依旧赴约。

如她所料，并不是文山的来信，而是他的妻子。

两个人谈得很不愉快，文山的妻子十分坚决地要求离昉离开文山，并且极尽所能地羞辱离昉。离昉那时怀着偷情被发现的羞愧心理，却也不肯服输，直言她不能生育的苦楚。

相持不下，离昉无奈，只能甩出自己最后的牌。

“我已经怀了他的孩子！”

他妻子撑大了嘴巴，显得震惊。就连离昉自己，也仿佛刚刚清醒过来——她已是个有孕之人。

那次会面不欢而散之后，离昉心中也一直忐忑，自己究竟该拿这个孩子怎么办，是否应该告知文山。

文山的突然造访，却从此让离昉再也不愿回想这一天。

文山问：“孩子的事，当真？”

离昉双手抱住文山，在他胸口点了点头。

“离昉，我……你不能把孩子生下来。”

离昉摇头，眼泪被挤了出来。

文山把离昉的手推下，直视她的眼睛，从来没有这么直白。

“把孩子打掉，以后，我们不要再见面了吧。我不能给你很好的未来。”

“是你的家人逼你这么做的吗？”

文山不说话，像是无颜启齿。

他走后，离昉把自己锁在房里，任凭父母怎么叫唤都不肯出来，她不哭，她尚且不敢相信。

父母也知晓了此事，他们执意要离昉去把孩子打掉。可每当他们议起此事，离昉就逃，父母对她依旧是无可奈何。

待孩子出生时，离昉对孩子说：“你叫江孜吧，子与文，文山之子。”她说着，抱着孩子哭。孩子也哭了，她要喂奶，看着这个小生命汲取自己身上的乳汁，离昉觉得，当母亲，真的是种奇妙的感受。

不久以后，她执意去外面找工作，与父母闹翻，父母给了她一笔钱，任她自生自灭……

冬天来了，寒冷，让人的心也沉寂下来。

离昉的生活没有改变，江孜依旧上学，而那个小女孩却不再寄信，而是每周来询问一次是否有回信。

直到有一天，离昉忽然从收发的信件中发现了一封注明给江孜的信，但地址却不是自己家。她拆开那封信，取出两张打印纸与几张信纸。打印纸上，赫然写着祝贺字样，她细细读下去，越往下读，心，便越紧张。

“阿姨！”随着风铃声响起，离昉忽然发现那个小女孩正站在自己面前，一脸纠结。

“那个想要去参加比赛的人，是江孜？”离昉流着泪问道。

“阿姨，你……你都知道了啊！”

“为什么？”

“江孜他其实一直都很进取，只是他把太多的东西都放在了心里。因为你在邮局工作，不想让你知道，所以他只好让我来寄信。我看过他所有的文章，他其实那么脆弱，我好几次都看到他写文章写到哭。”

“我连他会写作都不知道……”

“阿姨，你把他入围通知的信给我吧，我去给他，我不会告诉他你已经知道了。”

下班后，离昉回到家，她还在回味江孜写的那篇初赛稿，全是这些年的生活，却都是离昉没体会到的生活。就好比那两杯麦片，本就是江孜为离昉泡的，却因为彼此都不肯拉下颜面而被倒掉了。

依旧是那个熟悉的场景。黑暗的空气中透出一束白光。离昉开了灯，发现餐桌上有一盒费列罗巧克力，她走近。

“用我的第一笔稿费买来的。”江孜不知什么时候出现在离昉身后，一手拿着水杯，并没有看向离昉。

“以前看你的信，知道你喜欢吃这个牌子的巧克力。”

离昉不能言语，她只有哭。

江孜还是淡漠的样子，说了一句：“别矫情。”

来年的第一场雪时，离昉送江孜上了去往复赛地点的火车。江孜与那个小女孩同行，互相照应。

江孜走后，离昉觉得一切都变得光艳起来，原本灰暗的小镇，一下子有了这么多生机。

多年以后，江孜问离昉：“那么多小说里，都写了你的故事，介意吗？”

离昉说：“但凡发生了的，便是事实，既然是事实，好也好坏也好，它就在那儿，于我而言，已然没有什么别的意义了。”

“那，给我新写的小说写个结语吧。”

“你就写：生活如此复杂而烦琐，过去的哀愁与空欢喜也都那么遥远。但即便如此，也要试着去理解。”

“可还有什么心愿需要我替你达成？”

我呀，最想你能替我泡杯麦片，这次，我一定喝完。

# 我们才是最相近的

文♦十四

全国新概念作文
大赛获奖者

发表在《科学》杂志上的一项研究：根据鸟类和鳄鱼的基因组，研究人员推断出鸟类和鳄鱼有着共同祖先的基因组序列。而这个“祖先”也是鸟类和那些在6600万年前就已经灭绝了的恐龙的共同祖先。

也就是说，在这个世界上，跟鸟类最相近的生物，居然是八竿子都打不到的鳄鱼。

他们曾在数以万计的岁月之前，血脉相承，到今世成为这个世界上最截然不同，但却是最亲近的生物。

这是俞子言向季忆求婚的开场白。

季忆听完这段话就哭了。

所以这个故事的结局理所应当的是鲜花落下，恋人相拥，字幕上出现大大手写的“我愿意”。

可是如果换到八年前，俞子言一定会觉得就算全世界只剩下季忆一个女人了，自己也不会跟她在一起。

而季忆是就算全世界只剩下俞子言一个男人了，她也绝对是以头抢地以明其“非林安不嫁”的决心。

不过现在不是八年前，八年前也不是现在。

万事没有如果二字。

有因有果，缘分在天上绕着圈。

俞子言第一次跟季忆搭讪是一个史上无敌的乌龙。

那是一节人数众多的选修课，他从教室的最后一排戳了戳前排同学的背说：“同学，请帮我把这张纸条给坐在第一排那个扎马尾辫没有戴眼镜的女孩。”

前排同学不耐烦：“干吗！”

“告白！”俞子言答得理直气壮。

于是这张纸条愣是横穿过了一整个阶梯教室，最后皱巴巴地来到了季忆的手上。

硕大一张A4纸上横着五个大字：

“同学，在不在？”

季忆强忍住想要把纸条揉成一团丢到始作俑者头上的冲动，把纸条随随便便地塞进了已经空了的面包包装袋里，对其采取冷处理。

然后纸条便源源不断地涌过来。

正当季忆打算把第五张毫无营养的骚扰纸条继续塞进包装袋时。忍无可忍的“地中海”老师一拍桌子：“你们谈情说爱归谈情说爱，整得整个班跟多米诺骨牌一样是想怎么样啊？我是秃但我不瞎啊，第一排扎马尾戴眼镜的那个，还有最后一排黑衬衫的那个！”

于是俞子言和季忆被准确无误地拎出了教室。

欲哭无泪的季忆还没开口质问俞子言，俞子言眼睛翻得跟见了鬼一样，指着季忆问：“你谁啊？！”

“你大爷的！”

在一番惨烈的全程需带无数消音式争辩之后，事情才被理清楚了一个头绪。

原来俞子言看上了坐在季忆旁边的李苒苒，而“第一排那个扎马尾辫没有戴眼镜的女孩”在经过一个多米诺骨牌之后变成了“第一排那个扎马尾辫戴眼镜的女孩”。于是刚好符合这两个标准的季忆成功地躺枪了。

意识到是自己的责任之后，俞子言居然没有表现出任何愧疚的神色，反而眼巴巴地问：“那你认识你旁边没有戴眼镜的女生吗？”

季忆靠着墙一边翻着白眼一边回答：“李苒苒。经济学2班。”想了想又对着俞子言一脸嫌弃地补上一句，“系花，你就死心吧。”

然而俞子言居然更加斗志昂扬：“系花好啊，我可是从小就有一个长远的目标，那就是立志要做一个采花大盗啊。”

“……”

不过最终，俞子言还是向季忆赔礼道歉了，还连请了好几顿饭。原因嘛，当俞子言听到季忆是李苒苒室友的时候，几乎是恨不得长出一条尾巴对着季忆摇啊摇了。

然而季忆也不是什么和气的主。之所以能够心平气和地接受俞子言的道歉，并且没有在俞子言的饭菜里下毒让他断子绝孙的原因很简单。

林安跟俞子言是从高中就认识的好哥们儿。

林安啊林安。

季忆心尖上供着的人儿。

季忆第一次看到林安的时候是高中的入学式。林安作为优秀学生代表上台发言。如同所有的泡沫偶像剧，心动这种事情很多时候是第一眼就已经注定了的。之后所有优秀的不优秀的一面都能在这一眼里慢慢发酵成怎么都闪着光的一个人。

然而整整高中三年，季忆都没有与林安说上一句话，哪怕关于林安的事情季忆估计要比林安自己知道的都要多。比如生日是2月19日，水瓶座，182cm的个子，喜欢的东西是足球和牛奶，讨厌的东西是英语课。

不仅仅是这样。

再微妙些。

解开一道数学题的时候会把右手的笔换到左手，并且转一个小圈。

紧张的时候左脚会突然往后一小步。

喜欢的女生是大了一届的总是喜欢用浅蓝色发夹的学姐。

还有就是，如果自己往上走，那么林安一定是往下走。如果自己往左走，那么林安一定是往右走。就像电影中无数次那么靠近却又始终无法说出“Hi，原来你也在这里”的男女主角们。

不过季忆想，自己比电影中的人们要幸运。

肯定可以见到的机会是每周三的体育课，坐在靠窗位置的季忆可以看到操场上依然是十项全能的林安。

还有就是放学后校门口漫长的等待和接下来五分钟左右的相同路程。

隔着一条街一棵树一颗心的距离。

季忆并不是一个文静胆小的人。反倒是那种可以在路上拿把刀子要帅哥电话号码的人。

可唯独莫名其妙一声不吭地栽在了林安的手里。

就好像明明走在一条平坦无阻的大道上，突然掉到了深深的峡谷里，连“啊”都没来得及说出口，就这么无法控制地掉了下去。

还掉得心甘情愿，感天动地。

不过只要不对上林安，季忆的智商和情商永远是占据高地的，对于俞子言这种有无限利用价值的傻大个儿，她绝对是宁可错杀，也不会放过。于是，在季忆的坑蒙拐骗下，她和俞子言的恋爱联盟关系在烤串的香味中迅速建立起来了。

所有故事的开头总是旗帜高扬，一帆风顺。

季忆总算是让林安知道有她这样一个人了，而且留下了“季忆啊，我觉得她挺可爱的”这样足够让她捂着被子偷笑到天明的评价。

而俞子言也是成功地入侵了李苒苒的各种社团，并成功把自己伪装成了一个绅士的暖男。因为李苒苒的择偶目标是韩剧的长腿欧巴们。

据说俞子言那段时间把所有打游戏的时间都花到了看韩剧上，导致他的室友一度把肥皂改成了沐浴露。好在这样的情况在室友决定把他赶出寝室前就结束了。

因为俞子言去跟李苒苒告白了。

精心准备的蜡烛，跟季忆一起反复想了很久的台词，还有季忆帮他逛遍了整个城市的购物广场才买好的衣服。万事俱备，只欠东风。

然而俞子言去告白的时候，季忆没有去。

因为好巧不巧，那天季忆重感冒，作为一个本地人，便被父母硬按着去了医院。

等到再回来，就看到俞子言一副被剐了全家的表情。季忆的心里“咯噔”一下，想着，看来这下是吹了。一问，果不其然，李苒苒给俞子言的回复是：“我们还是做朋友比较合适。”

“哎，生而在世，没经历过几次挫败哪叫人生是吧。”季忆拍着俞子言的肩膀，语重心长地宽慰道。

“可老子第一次表白就受挫，是什么鬼啊。”俞子言捶胸，“之前‘我们还是做朋友比较合适’这种话都是我对别人说的！”

“出来混总是要还的！”季忆斜睄了俞子言一眼，然后问，“那你要放弃吗？”

“还能怎么样，人家都说做朋友了。”俞子言耸耸肩，“啊，我的心好痛。”说着便捧住胸口往季忆肩上靠去，被季忆毫不留情地推开。

“最毒妇人心！”被推开的俞子言愤愤道。

“哦，是吗？”季忆冷笑一声，“我本来还想请某个失恋的人吃日料的。”

“什么？大广场那家吗？”

季忆继续冷笑。

“哦不，季忆大美人，我错了。小的有眼不识泰山，小的狼心狗肺。请您大人有大量，宰相肚子里能撑船，原谅小的吧。”

就这样一个没心没肺的人。

然而事实是，俞子言不但是个没心没肺的人，还是那种典型的受虐心理严重的人。说着决定要放弃要放弃，但是跟李苒苒重新作为朋友后，依然是贼心不死。

大约过了几个月后的某一天，俞子言豪气云干地吹完了一瓶大梁山后，把瓶子“咣”地往桌上一放，气壮山河地对季忆说：“我明天要继续去跟李苒苒告白了！”

季忆用“你傻啊”的表情看着俞子言红得跟煮熟了的螃蟹一样的脸，确定他已经醉得不轻。为了防止他借酒助兴，做出什么衣冠禽兽的事，季忆赶紧拉住他，冷静仔细地帮俞子言分析了下李苒苒目前对于他的态度和一众虎视眈眈的情敌们，还有上次失败的经验教训。最后得出的结论是：“所以我说，你成功的概率应该只有20%，一旦失败可就是真的前功尽弃啦。你可要想清楚。”

当时的俞子言露出一脸沉痛的表情，连连点着头，一副要回去重新部署大计的表情。

季忆便松了一口气，可结果他第二天依然屁颠屁颠地跑去跟李苒苒告白了。

20%的概率有多大？

被切成五份的西瓜里最大的那块儿。

气象预报说降水概率20%的今天下了雨。

被李苒苒答应了告白的俞子言。

在女主角捧着大束的玫瑰红着小脸跑回宿舍告诉大家这个好消息前，俞子言发来的只有无数个叹号的短信就已经让季忆莫名其妙地失落了起来。

这种心情就好比是明明在同一条绳上的蚂蚱，可是突然另一只蚂蚱告诉你，我已经成精了。从现在开始它不再是蚂蚱了，而是蚂蚱精了，徒留你在绳上继续挣扎。

不过反过来想想，李苒苒会答应俞子言的告白也不无道理。俞子言在李苒苒的一众追求者中绝对算得上是前三甲。身高不错，长相不错，家境也不错，就连成绩也不错，明明长了一张“不会读书”的脸。一次拒绝也许是可以显示自己的清高，但是面对这样的男生第二次真心诚意的告白，不管怎么样都会有所动容吧。

李苒苒毕竟也不是神。

可她的林安是。

这样一想，季忆更加不爽了。

好在俞子言不是什么忘恩负义的人。在成功之后连请了季忆好几顿大餐，而就算有了女朋友，每周两次的恋爱联盟依然在继续。

可惜男追女和女追男这两件事的性质，就好像是冰和火，天空和大地，李苒苒和林安。前者你只需要付出真心，竭尽全力对她好就行了。而后者，竭尽全力地对他好只会让对方觉得你很廉价，这是一件需要脑力体力和耐性的活动。当然，这么高深的技巧，季忆再过个十年估计也没办法掌握，尤其是面对林安，智商情商集体下线的时候。

所以她向林安表白的时候完全是抱着必死的心态。

当季忆看到林安的左脚突然往后一小步的时候，心顿时凉了半颗。虽然最后得到的答复是“对不起，请让我回去考虑一下吧”也没办法让季忆有所期待。

因为按照季忆对林安这么多年的观察，这样的说法不过是眼下面对面近似对峙的告白的委婉拒绝方法，她想，很快自己就会收到拒绝的短信了吧。

不过也是啦，这就是自己喜欢的那个人了。不管什么时候，都是能够想出两全的法子，努力不让别人受到伤害。那个时候的季忆觉得，对于他所做的一切全部都可以原谅，哪怕是拒绝，都是甘之如饴的吧。

俞子言破天荒缺席了当天晚上法定的联盟聚会，季忆一个人默默吃掉了两人份的烧烤，打了无数个电话给俞子言，直到手机的电量只剩下岌岌可危的百分之一，就在即将关机之前，屏幕再次亮了起来。

“那我们试试看吧。”

发送人，林安。

林安。

曾经在草稿纸上写了无数遍的名字，在那一个瞬间突然变成了奇迹的代名词。在屏幕上和季忆的心中熠熠生辉。

终于，那个坐在高高王座上的人，被自己仰慕了那么久的人，在某一刻从宝座上站起身来，无限温柔地朝自己伸出手。

在一起之后，季忆是打心底对林安好。

收敛起张扬跋扈的性格，蓄起长发，为林安学做菜，为林安学习画画。

季忆所做的一切改变，所付出的一切努力，所心动所难过所思念的一切，它们的前缀都是为了林安。

可是那个词怎么说来着，对，“十动然拒”。林安最终还是轻描淡写地结束了这段本就轻描淡写开始的恋情。

在交往到刚好半年整的时候，依然是短信的形式。

季忆已经记不清那条短信上具体写了些什么，大概的意思是，他觉得自己目前还是太过年轻，所以不能给她太多的回报，也不想再浪费和糟蹋她的心意。

很长的短信，从头到尾都没有提到分手二字。可从开篇到结尾都在叫嚣着“我们分手吧”。

你看，连这样一条分手短信都要极尽委婉。

收到短信的时候，季忆正在制作明天情人节想要送给林安的巧克力。失败了无数次，好不容易已经成型，正在等待冷却的心形巧克力，在季忆读完短信之后再次失手摔在地上。滚烫的暗棕色的巧克力酱溅在季忆腿上的时候，季忆甚至都感觉不到疼痛。

季忆总以为，他和林安漫长的纠缠史应当在那个满是星辰的夜晚画上了一个句点。王子和灰姑娘从此过上了幸福和快乐的生活，每一个年少青春的故事结尾都应该是好的。

可是现实到底不是童话故事，鲜花会枯萎，城堡会坍塌，就连包装精美的糖果也有凉透人心的薄荷味。

俞子言是在那家他们依然处在联盟关系时常去的烧烤店，找到的季忆。

季忆趴在桌子上一动不动，桌子上全是零散的啤酒杯。

俞子言刚开始看到她的时候并没有直接走上前去，而是站在门口看了很久，最终叹了一口气，走上前去对季忆说："走，我们回家吧。"

一开始季忆以为是林安的时候还是相当配合，可当她发现扶着她的人是俞子言而不是林安的时候便说什么都不肯跟俞子言走。

"瞧你这样子，做给谁看啊。"在连着打碎了店家好几个玻璃杯之后，俞子言彻底怒了。"我告诉你，你今天就是醉死在这里，你那个林安连眼皮子都不会抬一下。"

听罢，季忆直接撩起面前还没喝完的酒杯朝俞子言泼去："你少瞎说，俞子言你以为你是谁啊。老子喜欢了林安六年啊，整整六年啊，老子把整个青春都赔给了他，是块儿石头都该风化一下吧！"

"六年？狗屁的六年！"俞子言不甘示弱，"前三年你连话都没跟人家说一句，光靠着你自己脑补出来的一个他，就说着喜欢喜欢，这算是哪门子的喜欢啊！我告诉你，这根本就是你花痴发作，自己作死自己。人家林安根本不喜欢你，你还贴着赶着上去。季忆，我拜托你要点脸好吗！"

"你大爷的！"季忆直接把手里的杯子丢向俞子言，俞子言头一偏，躲了过去。

杯子砸在地上发出清脆的破碎声，俞子言正做着躲掉第二个杯子的准备，却发现本还歇斯底里的季忆突然像个斗败的公鸡一样，握着第二个杯子颓然地坐回了凳子上。

她揉了揉眼睛，说："这些我全部都知道啊。可是，我觉得，除了他以外，我已经，已经，完全没有办法喜欢上别人了。他在我最无知无畏的年纪出现，我喜欢他就是喜欢，如果发现他有什么比不上自己的地方，甚至会为此高兴好久好久，因为自己终于可以有资格跟他站在一起。不像现在，交朋友都需要权衡一下利弊。你知道吗，这样的喜欢，我不敢再有了。所以，只能喜欢他了，你知道吗！我只能喜欢他了！"

"那你来喜欢我好了！"

季忆愣住，一脸错愕地看着俞子言。在他灼灼的目光里再次歇斯底里了起来："你给我滚，你不是有李苒苒！"

"我早就跟李苒苒分手了，在你为林安忙得晕头转向的时候，我早就已经从泥潭里出来了。所以，你既然觉得那么害怕……你来喜欢我好了！"

几乎是咬牙切齿地说出了最后一句话。

季忆记得俞子言看向自己的眼神，记得自己紧紧抓着俞子言的手臂，记得本来混沌一片的脑子在那一刻突然清醒得不得了。

她记得自己用无比坚定的声音，说："好。"

季忆记得那天的一切，俞子言也是发自内心的认真，甚至据说第二天俞子言就把林安狠狠地揍了一顿。然而在之后的日子里，他们心照不宣地从未再提起过那天的事，季忆也从未过问过俞子言是不是真的跟林安打过架。在外人眼里，他们依然是同一条裤子里的好兄弟。

或者说，甚至在他们自己的眼里也是如此。

日子就好像逆流着的水，从波涛汹涌的大海分散成平静流淌的河流。生活总是这样，莫名其妙地在某一个拐点沉下去，或者莫名其妙地在某一个拐点浮上来。不论再怎么折腾，林安和李苒苒都已经从季忆和俞子言的生活中淡了出

去。明明是因为前面两个人而产生的一切，最后的结尾却剩下后面两个一丘之貉，依然站在同一条线上。

沆瀣一气，狼狈为奸。

后来某天，季忆发现俞子言给自己的备注是“鸟”，而他的网名是“鳄鱼”。往下翻了翻，其他的人都是正常的大名。唯独有一个女生没有加备注。季忆并不好奇女生是谁，因为林安在自己的列表里也是唯一那个没有备注的存在。有些人喜欢与不喜欢，他都没办法从记忆里抹去，毕竟他代表的不仅仅是这样一个人，还有那段青葱的时光，还有那年毫无保留的自己和自己的那一片赤子之心。

所以眼下季忆更加在乎的是为什么自己就是鸟了？！

而作为一个理科生，在季忆的头脑里，唯一能够跟鸟这个名词扯上关系的褒义词就只有“小鸟依人”了吧。但是“小鸟依人”这个成语是跟身高172cm的季忆从生理和心理都没有关系的。

于是季忆拿着手机去逼问俞子言，可每次都被他绕开或者是扯上一些什么“鸟精病”之类乱七八糟的东西。逐渐，季忆也不问了。

后来的后来，季忆和俞子言毕业，各自在外兜转了一段时间，又回到原来的城市。季忆是本地人，自然是不会离家太远。倒是俞子言，明明在某一线城市谋得了一个好职位，却非要回到这里来。其中原因，季忆不问，心里也明白。

所以故事走到这里，也该告一段落了。不需要告白了，也不需要男女朋友的阶段，那样故事就太青春年少了。现在的故事是关于一个普通的女人和一个普通的男人，没有轰轰烈烈，没有争吵和死去活来，骑士的宝剑就此尘封，落下的是橘子而不是玫瑰花瓣。

一只人模狗样的鳄鱼对一只火烈鸟说：“我们，才是这个世界上最相近的啊。”

# 嗨，好久不见

文♦笑画

第十七届全国新概念作文大赛二等奖获得者

亲爱的天线君：

首先祝贺我们终于脱离了高三的苦海，在没被淹死的基础上无意间变瘦！

过了这样多舛的一年，你已经触到了十八岁的开头，而我即将爬过十七岁的尾巴。我们的泪水和霸气一起侧漏过，然而高考结束后，我们睁大眼睛，却以为还要继续，扎进那永无止境的备考里，似乎还有一年，或者至少还有一个月，我们才能够成功超度。

我还记得两年前文理分科，我们都在学校文科的实验班。那天你没有来，你很忙，在校合唱队为校出力。而我却是一个鼎鼎有名的失败者，因为我毫不掩饰自己入选的信心，但那时的当头一棒，让刚进入高中的我削去了所有的锋芒，我首次感到卑微和无奈。亲爱的天线君，我总是回避这件事，所以你一定不知道，光鲜如我，却也苦苦挣扎过。

是啊，真是难以启齿，合唱队曾拒绝过我，甚至我至今不知道理由。从那以后，我只是安慰自己那玩意儿不是我的菜，然后把所有委屈吞回肚子里。这也令我丢尽脸。然而我处于谷底时，你却凭借特长生的身份夺去了我过去所有的荣耀。而我们的形影不离，导致对比力度更大。

于是，我们写下一个这样的开头，我们不知道会有怎样的结尾。

我肯定不是一个完美的朋友，不够慷慨，不够体贴，还常讥讽你的体型，尽管我俩半斤八两。可是我知道你不在乎偶尔被我的光芒掩盖，总是耐心陪伴脾气无常糟糕的我。

确实很糟糕。我们的文科小伙伴，班级里稀缺的男生小饭，无意间提起你勇进年级前几，我居然愤怒了好久，只因为你的谦虚。不管是真是假，你确实很投入。你把珍贵的青春耗在高三，像是被掠夺了自由，一直躲藏在密屋。

我承认我嫉恨过你，但是我却在逐渐为你自豪。可惜狮子座的本性使然，我的自尊心强迫我一定要俯瞰所有人。我不能承认我曾经不如你。于是我不顾一切努力，爬到更高的地方，甚至可能把你遗失在半路。

那次，小饭说我们就像双子星，你的脸上忽然容光焕发，虽然你知道他只是在卖弄。我年初时赴沪比赛归来，你问我写了什么，还一脸兴奋地猜一定是爱情，校园爱情。我封死你的嘴，说是友情。你极其恬不知耻地说，那主角一定是你。我看着你愣了很久，你在毫不介意地哈哈大笑，我却鼻子一酸差点没憋住泪水，因为我惭愧自己半回忆的文章却只字未提——你。

后来呢，我说我一定会写写你，只是拿来卖钱，你却变得扭捏起来。那时尽管我们已经高三，你依旧很纯情地写一些文艺的诗句，看看诗经，念叨自己有一颗萝莉心。我嘲笑过你写在错题本上的“知我者，谓我心忧；不知我者，谓我何求”，尽管我知道你在为考上武大而竭尽全力。想想，我爱吐槽的毛病一定伤透了你的心。你却如此温和，让我不知道什么时候你会生气。

我估计你是看不到这封信了，为了与世界背离你已经不再看书了吧。现在，你在补剧呢，还是在打游戏？天线君，妈妈说我那天高考结束，在梦里哼哼你的外号，那是我忘了哪天心血来潮想出来的，你一直没有反对。这想必

是要失去你了太难过吧。可是，我不想用友情拴住你，尽管我不想看你远走高飞，扎根到我不熟悉的城市。但对于你庞大的体积……我似乎再怎么自不量力也抓不住你啊，确实太大只了。

那些美好的时光都有有效期限，只是太容易到期，谁也猜不到结局。

假如生活还是这样下去，可能还算完美，出其不意便不那么悲伤。故事走势在不经意间转折，我们的命运开始背离。

高考终于出了成绩，成败输赢与努力都不再成正比。那些超常的、如愿的，像我一样敲击着键盘，窥探着失意者的秘密。

我使劲追问过你的状况，你哀怨又凄凉，不愿提起具体的情况。我的怒火向上，我还是惹恼了你。大概是我太天真地以为交换分数是对等的公平。我们首次吵了架，只因为你有意恪守的秘密。我极力隐瞒了我们的争执，佯装镇定地活在公众的视线里。小饭问我你的消息，我说你老闹腾，我把你静音了，才逃过一劫。可是，混着混着，小饭却提起一天前还在和你胡诌，你是他见过最好的同桌，甚至没有之一。

我无意间听说你考砸是几天后，我就开始不停地刷微博看朋友圈，像一只迷途的蚂蚁，指望察觉到你的触须。你消失在所有的联系方式里。然后就是十天半个月的无言，我追随着你的印迹，一无所获。

发榜也没能引回你，你逃离了世界。假如你执意要将自己藏在角落里，我也无能为力。我不懂得怎么安慰你，假如是不努力者还可以警告他咎由自取。但是，你从来都在尽力，只是运气转了个圈，反方向离去。适合你，抑或不适合你的考题，绝不是我们随口乱喷的简单容易，仅仅是针对你自己，得心应手与否。

我想起不舍昼夜的水，都是逝者如斯，没有回头的岁月，没有来得及的告别。我太快地行走只会忘记沿途的风景。我会达到目的，永不干涸，但我永远独行。海纳百川需要孤独的勇气，有些孤独是尝不起的。平凡人还是适合在社会中混迹，哪怕昏天暗地，痛苦悲戚。

盛夏的蒸发足够旺盛，我希望它至少能将我干涸，哪怕失去生命力。

亲爱的天线君，到九月的时候，你就和小饭一起奔赴重庆了吧？你记得我在南方小城等你回家。

不管怎么说，有小饭陪着你我真的很放心呢。

只希望到时候我再给他发信息问“天线安”的时候，能够收到回复“天线安”。

# 在轮下

文 ♦ 半截

第二十届全国新概念作文大赛一等奖获得者

钟声敲了十二下，午饭的时间到了。

周稚悄悄地喘了口气，放下手中的活，找了把椅子坐到墙角，尽量把自己藏在阴影里，不使太多人注意到她。她原来干活的地方在出口边上，人群正蜂拥从那儿离开去食堂。周稚紧绷着脸，睁着一双胆怯和难为情的眼睛，环顾厂房内还有多少人。他们都穿着棉布的衣服，胸前有几块凸出的结成块的硬棉花，已经发黄。

十一、十、九、八，她在心里默数，看着他们一个一个走出。还有两个，她稍稍松了口气，突然有人拍了一下她的肩膀，很轻的一下。她吓了一跳，抬头一看，是厂里干活的人，李鹏。他穿了一件新衣服，黑色的呢子大衣。

“怎么不去吃饭？”他的声音很洪亮，即使刻意放轻也还是这样。

她迅速回头瞟了一眼最后的那两个人，羞怯地拎起放在左手边的一个蓝布袋——上面还绣着一朵小花，朝他晃了晃说：“我带了糕点，不用了。”

“又吃糕点，老是吃这种东西不好啊。”

“知道了。”那两人结伴终于离开了，她低下头，“明天不吃了，你快走吧。”

“行。”他说。

李鹏也出去了，空荡荡的厂房只剩她一个人。三十一台机器横排占了厂房绝大多数的地方，上面沾满了黏稠的润滑油。钟“嘀嗒嘀嗒”死板地敲打着，她盯了它几分钟，一动不动。确保没有人像上次那样，因为落下饭钱而折回厂房，她轻轻地把布袋放回椅子下面，站起身来，踮着脚把门扣上然后回到自己的工作台前坐好，深深地呼出一口气。她又抬头看了看钟，十二点十分。还有二十分，她想。

厂房内没有灯，她在黑暗中摸起一个小部件，挑出里面的一个零件，而后把一片合格的矩形铁皮塞入其中，完工。她的工作就是这样：拿起，挑出，塞入，一分钱一个。

指针继续绕圈，不久钟又敲了一下，是半点报时。果然，她听到了门外一阵嘈杂的脚步声，连忙把门打开，跑到角落，顺势地靠在椅背上。

他是第一个进来的。

“吃好了？”他问。

“早就。”她笑着说。

“嗯，那明天见。”他在另一栋大楼里工作，干的是经理，下班比她晚许多。

“嗯。”她说。她看到蓝布袋的上半部分从椅子底下弯着出来，门外的阳光打在上面，蓝得刺眼。那里面只有一把有了破洞的小伞，她想到了明天。明天会下雨，明天该怎么办。

晚上六点，她拿出布袋中的伞。天在下雨，不怎么大，淅淅沥沥，像是明天暴雨的前奏。有风，但好在毛衣厚实——虽然它看上去已经不再那么靠得住了。门卫室的大爷锁上工厂大门，点起一根烟傻坐在那儿。一辆公车远远地从路的一边驶来。工厂建在郊区，附近只通这一路车，去市区，一小时一班。在离工厂二百米左右的地方有一个站台。

“快走，要来不及了。”大爷冲她喊道。

“知道了。”她说。一边打开伞，伞的破洞在伞脊上，她已经用透明胶粘上了。时间久了，胶脱了一点，雨水有些钻到胶内，渗了出来。她戳了戳那张透明胶，使仅有的一点胶与伞布贴得更紧。就在此时，快要散架的小巴士轰鸣而过，一个轮子砸入水坑溅出大片水花，但没打到她。她还没走到站。她象征性地跑了几步，回头看了看，然后低头继续走路。她不需要到站，她不坐车，她的家也在郊区。

雨停了一会儿，又下了起来，比停之前稍大些，一滴雨水从那个破洞掉在了她的鼻子上。她用手背抹去，把那个洞转开。这一路都是用石子铺的，白天附近的十多家工厂不间断地发出的噪声现在瞬间泯灭了。一个人也没有，也没有一盏灯，夜晚从天降临，她陷在黑暗中。她磕磕绊绊地走走停停，在一个地方突然停下，哭了起来，低声呜咽，没有人看到她，而后大声哭喊。雨伞依旧紧紧地抓在手里，除了那一个破洞的雨水滴落在背后，雨一点也没被风刮到她身上。

她很久没这么哭过了，哭过了也就舒服了。她用手背抹了抹脸上的泪，咳了几声，把喉咙里的异样感咳去，继续往家的那条小路走去。

到家是晚上六点半，她的两个孩子早已在屋内打闹。在门外甩去伞上的雨水，再撑开伞搁在门口晾干，她伸手把蓝布袋挂到门背后，关上门。顺手开了灯，10瓦的灯，昏黄的光照亮这间小屋，墙上黑乎乎的渍迹稍微淡了些。

“妈妈，什么时候烧饭？”一个大些的男孩看到她回来了便问。他叫石龙，另一个小的是石虎。

“马上。”她走到厨房，靠墙的是米缸，掀开盖在上面的木盖，舀一杯米，用手抚平，抹去凸起的大米。舀的时候杯边刮到缸底，发出“咔嚓”一声像是切肉的声音。家里是养不起两个孩子了，她害怕地想。

“今天吃什么？”石虎站在她身后，满是期待。

“炒青菜，”她用调羹舀了半勺油，“还有……”

“有肉吗？”石虎打断她的话。

“没有。”

“不要！”他冲她大叫，一屁股坐在地上，拍打地板。

“明天会有的。”她一边炒菜，一边躲着溅出来的滚烫的油。油不是很纯，里面还有榨完油后没滤光的油渣。

“你昨天就说过了！”

“别吵了！”石龙一巴掌打在他头上，他刚才正在剥一颗糖。糖是周稚给的，每天三颗，作为他们俩兄弟吃不上肉的补偿。

石虎睁着眼看他把糖放到了嘴里，一声也不敢再哭。

晚上九时，她躺在床上辗转难眠，头疼得厉害，咽喉干燥，连一口唾沫也难以下咽。怕是感冒了，她想，应该是回来路上的风吹的。她不再那么竭力想要入睡，为了明天工作的时候不打瞌睡，她静静地平躺在床上，希望能够尽快挨过这个长夜。她努力不去想头比前一秒是好些了还是更疼了，从回忆里挑出些好的来品味，不幸的是她还是感受到了发涨的脑袋，且愈发难受了。她紧紧攥住被单，背上是怎么也抹不平的棉花结节产生的异样感。她隐约听到了屋顶的一个角落正在漏水，一滴，两滴。风呼呼地刮过松动的窗户，所期盼的鸡鸣迟迟未出现。水滴声敲打她的脑袋，她再也受不了了。

靠着床背坐了几分钟，夜更深了些，她套上一件外衣，起床揉了揉酸痛的双眼，摇摇晃晃地来到卧室门前。她听到了一种熟识的声音，是一种幽怨的、不甘的、自卑的恸哭，她处在虚幻中的浑浑噩噩瞬间被它惊醒了。她立刻停止推门的手，但已经来不及了。客厅中亮得刺眼的白光瞬间从刚打开一半的门里闯入卧室，卧室的简陋暴露在她的眼前——除去一张木床外，仅剩一把充作床头柜的平凳，平凳上面放着把回家时用的伞，别无他物。她得关上门，她想。幸好开门时发出的尴尬的吱嘎声并未惊动他们：石龙没有停止剥糖的动作；石虎仍在地上哭泣。她忍着剧痛，悄悄隐入卧室暗黑的迷雾之中。

再次醒来，天仍黑着，但时间已经到点了：清晨五时。她如往常一样，起床，刷牙洗脸，煮粥，吃完饭出门上班。离家前特地给石虎的书包里多塞了一颗糖。路上，她尽量避开所有人，匆匆跑到了对面那条有去工厂的公车路过的小路上，然后才悠悠地，放慢脚步。

她正对着工厂大门，再次穿过坑坑洼洼的水泥路，朝门卫的老大爷用她有异于平时吴侬软语的语调打了声招呼。门卫大爷朝她点了点头，坐在那儿看着路尽头快要到站的小巴士。

七点、八点、九点，钟摆敲击出沉重的钟声，一声紧随一声，盖过了厂房内“叽叽喳喳”的话语声。他们屏气凝神地一动不动，全神贯注数着钟声，一、二、三……是十一下。破烂的吊钟终于停止刺耳单调的声音。人流不可阻挡地撞开大门，向外涌去。她像根松动的砥柱，被他们撞得东倒西歪，桌子上的零部件散落一地——这正是她想要的。她迅速蹲下，慢慢地捡起它们。

十分钟。没别的声音了，她松了口气，把最后的一个零件放上工作台。

“怎么回事？”他问。又是他，李鹏。

“没事。”她说，“不小心弄掉了。”

“现在好了吗？”

“好了。”

“那走吧。”

“去哪儿？”她慌忙地说，“我忘带钱了。”

他顿了顿：“哦，我帮你付好了。”

“不行。”

“你又带你的糕点了？”

“没有。”她说。她被他看得红透了脸，从耳根子红到脖子，但不是因为害羞或者其他别的什么扭捏的原因，而是隐隐的恼怒。

“那走吧。”

“行。”她坚决地说，“你请客。”

“对。”他笑了笑。

那是一家较有名气的餐厅，在临近市中心的一条小街上。在服务员递上菜单之前，她一直低着头，耻于自己落魄的衣着。“吃什么？”他说，“先来瓶红酒吧。”

“随便。”她抬起头同时说道。她发现他只是在对弯着腰的俊俏服务生说话。

他冲她微笑，而后又别过头继续点菜。

“不好意思，我去下洗手间。”她生涩地一边说，一边拉开实木椅，然后立刻转身离开，径直朝角落里的唯一一处洗手间走去，轻车熟路的样子让他感到意外。

镜子里的人是谁？她想。洗得发白的毛衣，难看的工装裤，苍白没有血色的脸，凹陷在眼窝里的小眼睛。黑色浓稠的头发要是留长了一定会好看些，她鼓足了气，伸手抓了抓齐耳的短发，满是油腻。她盯着双手，干巴巴的，像是几百年的老树皮，拇指摩挲着中指，指尖上有两颗明显的老茧，是一天到晚摸

工件折腾出来的。护手霜又太贵，在以前想买多少就买多少，现在呢？拮据的日子，能吃饱饭就不错了。她又想起以前那个身着猩红礼服的长发姑娘，那种日子什么时候结束的？她记得，就是丈夫去世之后，一下子，天塌了下来。她卖了房子，带着两个孩子搬进一年四季潮湿的小平房，干起从前怎么也想不到的活——她没脸把它称为“工作”。她从前可是娇惯的有钱人。生活，像是海绵挤水，越挤越无力。她哭着，把脸埋进手心。

出来的时候，他正在打电话，站在落地窗前，背对着她。笔挺的背影越看越像她死去的丈夫。桌上的菜式倒没怎么变，仍旧是几年前来时那种卖弄玄虚的样式。

“怎么了？”她说。

“没什么，想买套房。”他挂掉手机，“吃啊。”

“买房啊。”她轻声叹了口气，露出哀愁的样子来。

“嗯，”他看着她说，“你来过这儿？”

“以前我住对面。”她轻蔑地说，顺手指了指马路对面富丽堂皇的三层别墅，“喏，就那儿。”

“真巧，我过会儿就要去那儿看房。”

她不再说话，默默夹着碗里的菜。味道不怎么样，什么都变了。

末了，他提议让“原主人”一起去，她当然是拒绝了。他让服务生把剩菜剩饭都打包好了，然后递给了她，说：“带回家吧，给孩子尝尝。”

她不说话，接过袋子，然后下楼。那是下午一点半光景的事。

她不想再去工厂，像是被抽空了气，飘飘荡荡地走在回家的路上，最后却走到了工厂大门，手里提着白色塑料袋。

晚上五点，因为工厂机器出了问题，提前下班。她坐在凳上，过了一会儿才站起身来。她搓着双手，照例微笑着和门卫大爷打了个招呼。

李鹏他到底喜欢自己哪一点？她想了一下午，后来又想：他有没有喜欢自己？虽然自己和他接触不多，但他西装革履的，也应该算是个正派人，肯定不会随意勾搭啊。塑料袋摇摇晃晃，发出"咔嚓咔嚓"的，类似铁杯子刮到米缸底的声响，上面的带子勒得手指非常疼。

她突然想到了去餐厅路上两人的对话。

"我有孩子。"她说。

"别太多就好。"他说。

两个算不算多？算？不算？

晚上五点半，她推开门。眼前的一幕把她吓了一跳。

石龙跨坐在石虎身上，两只手掰着石虎紧紧攥着的小手。石虎张嘴哭喊："这是我的！"石虎涨红了脸，隐约有血从鼻孔淌出。石龙实在是掰不开，于是操起拳头朝着石虎的脸砸了下去，石虎的手这才无力地松开些，石龙趁机便把石虎手心里的东西一把夺了去。石龙兴奋地站起身来，撇下脸颊红肿、咧着流着血的大嘴哭喊的石虎，转过身，刚准备拆开抢来的糖果时，他发现了周稚。

石虎可怜巴巴地望向她，石龙则定在那儿一动不动。红色的糖果极像她深藏在衣柜底部发霉的猩红色连衣裙。

像是创世或是末日之时，三人就这么站在那儿，等待。也许过了很长时间，抑或是很短的一瞬间，她什么都想明白了。

她流畅地迈着小碎步——她很久都没这么走过了，轻柔地把手里的白色塑料袋挂在石龙的脖颈上，然后笔直地朝卧室走去，朝着连衣裙走去。这时，她多像头戴桂冠，掌管万物的女神啊。

# *Part 5* 道寻常


道寻常

软刺

长大是人必经的溃烂

车城

清明 · 年华 · 岁月

# 道寻常

文 ♦ 利钦

第十七届全国新概念作文大赛二等奖获得者

疏朗的叶子挂在枯枝上，虚实线条深深浅浅地割断天空。我靠在一棵破败的树旁，百无聊赖地拂动一串孱弱的叶，听响声簌簌。

好像那一日你就抱着我去拂叶，好像就是这棵树。

## 电话

和朋友去喝茶的时候，看到茶就想到父亲，你每壶茶的清香，你笑着叮嘱我别喝茶如牛饮一般。

你让我每日如你一般记日记，每日看到你又拿起那个牛皮本时，我就仓皇跑开。

意识里的我如激越的兽，不停地忤逆你。

你和母亲的分别，让我如何面对？

恍若隔世的，看到那棵树，却只感到一份笃定的气息，淳静地立在萧索路上。

若你的目光清净地看着我，我却慌乱地不敢正视你，转身跑开。

一直以来，习惯了有意无意地避开你，很少和你打电话。看见你的电话，有时一直注视着发亮的屏幕，迟迟不接，不知该用何种语气对你，不知该说什么样的话题。隔日阿姨告诉我，你一晚上没睡着，心乱如麻，一夜等着我的回电，早起又是红肿的眼。

我眼前浮现的是你清瘦的身影，记忆中那个很高很高的男人，为我撑起一片天的男人。

有时接了电话，能说的也只有那几个话题，最近怎么样？学习怎么样？学校吃得好吗？之后便是长久的停顿。

其实我心里是想要对你说很多很多话的。每一句都紧紧排布在血管里，隐隐有涌出之势，却如深喉间哽住一块铁块，散出恼人的气息，我久久张开的嘴唇一直到发干发涩，终闭上。

**背影**

傍晚和同学买完书回学校的时候，门卫叫住我，说有人在等我。

我向楼下走去，看见的是你的身影。你双眼微眯着似是等久了，见我来了，你向我大步跨来，此时两鬓也钻出孱弱的白。你手里拎着一大包我从前爱吃的零食，你双眼里闪着光，我知道你是在等待着什么。但我张开嘴，仍是喊不出“爸”那个字。你尴尬地垂下眼睑，对我说：“学校的饭不好吃，我给你买了零食。”

我说：“好。有宵禁，我回去了。”

我看见你的嘴唇紧抿着，眼角颤动，眉头揪起来。我心下恻然，恐看到你这样，我很快跑回去，没有回望你，我害怕一回头，就看到你的目光、你的泪。

待我上了楼，手抖得钥匙一直插不进锁孔。从前的从前，我对你的一切，都踏过我的脑海，泪满面。

于是我噔噔地跑下楼，看见你的背影，看见你已经微驼的瘦削的肩，棉质的衣襟上下翻飞着。你手中有烟的微弱的亮光，很快就熄灭了，在灰黄的灯下有着长长的影子，好像从前的你就如这影子一般高大。

我张开嘴，无数的话想说出来，我有好多好多事要和你说：学校新来的老师我很喜欢，食堂里改良的蟹黄包很好吃，你别抽烟了，多喝点茶吧……

但你的身影越走越远，慢慢地走进一棵柏树的阴影里，模糊了疏朗的轮廓。

我不知道你那晚是否如我一样哭了，那隐忍的泪。

**吃饭**

你发短信邀我去吃饭，我只踌躇了几秒，很快回了好。

但我已经许久没来过这儿，这棵老树一直在家门口，它好像仍是那样疏朗，只是更老了些，树枝也垂了些。

门开着，你正在厨房做蟹黄包，我从前最爱吃的蟹黄包。你的手指又长又粗糙，我记得小时候就是你给我包蟹黄包。每日上学时，握在手里很暖和，吃时甜香四溢。

你见我来了，让我快去沙发上吃苹果，同我以前去学校一样，不削皮切成块儿，装在那个老瓷碗里。

我看见躺椅上有你的那本牛皮本，旁边是一支笔，好像刚写完。翻开，苍劲的字才记录完那天的事。

“那天看见孩子，她对我仍是不亲近。她又高了些，每一次看见她，总会想起她妈妈，她们长得很像，更是越发的像。但她没叫我，每一次和她见面时的别离，总觉得是一生的别离那样伤感，这样一别，又是很久也见不上一面。

我在她面前好像就要泪下，我从未在孩子面前落泪，但写到这儿，好像那离别的一幕又在眼前……”

我一边看，止不住哽咽了起来，我从不知道我会这样，潮水般的内疚涌出来，一直流淌在我的血液深处。

走到厨房看，父亲已经开始蒸蟹黄包了。你弯下腰，去看火的大小，我跑过去，突然从背后抱住你，你一怔，很快挺直了腰，转过来摸摸我的头，我扑到你怀里大哭起来。好像那一年，我就是这样在你怀里哭，那一刻我也感到顶天般的安全感，好像这个人就撑起来我的一切。

我一边哭一遍断断续续地说：“你最近怎么样，是不是又在抽烟了，还爱喝普洱吗？我妈带了些回来，我想给你拿来。”

我絮絮叨叨着这些寻常事，你的手颤动着，轻轻抚着我的背，你说：“不抽烟了，我再也不抽了，我还爱喝普洱，你喝茶还可会牛饮？”

我拼命摇头：“不了不了，再也没牛饮过。”

这一刻头顶传来温热，我知道，你呜咽不语。

**尾**

纵使再深的情，最后也只是互道寻常，我们存于世界里，淳静安和。

我看见那树下拂叶的你我，互道寻常终不语。

# 软刺

文♦吕梦婷

全国新概念作文
大赛一等奖获得者

每次将左手掌按在胸口的位置，都依稀还能临摹出已经柔软的心刺的轮廓。

我扶着窗，看天空下潮湿的城市。明明不是个多么适合回忆的日子，却偏偏沉陷不能自拔。思绪循着记忆里的旧址返回，被岁月粉饰的过往开始剥落，显出最本质的青涩模样。

如果，还有如果。那么我的青春，与你们有关。

**能够喜欢，哪怕卑微的也好**

午后的阳光袭上后背惹来浓浓的倦意，比窗外的爬山虎还要生长迅速。偏过脑袋，老师还在黑板上奋笔疾书，白色的粉笔屑像细密的雪花洋洋洒洒，热情地浇灌着祖国的花朵们。

“林檬。”

我掩起课本，碰了碰同桌的胳膊。

“哎？”

林檬眨了眨迷离的眼睛，一副“我也没在听”的茫然表情。

“还有多久下课？”

“大概，快了吧。”

快了是还有多久？看着林檬已经闭上的眼睛，我犹豫着没有再问。百无聊赖地托着下巴，凝视对面楼的天台上一只停栖的麻雀，一个小心就发了呆。

六根放空，却偏偏一股若有似无的干净味道将走神的思绪唤回。不是薄荷或者洗衣粉的香味，而是纯牛奶般没有杂质的气息，是相处久了才可以熟悉的他的味道。

我微微张开嘴巴，像是贪心不足的孩子留恋橱窗的精致糖果，带着不被发现的窃喜，小小地满足着自己。

这样卑微地喜欢后桌的他，是从什么时候开始的呢？是分班以后遇见各种熟悉或陌生面孔的第一天？是新调整了座位和他成为前后桌的那个下午？抑或是篮球和汗水一起随阳光流转的体育课？回忆快速切换的每个场景，男主角都只有一个。

“白、泽、帆。”

对着镜子，轻轻念出这个名字。调整语调，稍作停顿，直到脸庞微微发烫。每天早晨都会这样练习一遍。像是一种仪式，更是习惯。可是妈妈总是不合时宜地敲着卫生间的门，催促我不要磨磨蹭蹭，快点出来吃早餐。于是赶紧拧开龙头，兜些凉水拍在双颊上降温。往往出门的时候林檬已经踩着单车停在社区门口看手表好一会儿了。

“落梓，你还真是乌龟慢啊。”

虽然会嘟着嘴巴抱怨，但林檬还是会拎过我的书包，确认我坐稳以后才握紧车把，用力一踩，车身晃过两下便很快平稳。这样温暖的她，就算是想恨，心也会不自觉地一软吧。

幸运的时候，能遇见同样骑着单车的白泽帆。他穿着干净的校服，扬起笑容却又似乎无奈地说："又要抱团迟到了。"

"就你乌鸦嘴！"

林檬总会不太用力地推他一下，然后加速穿过闪烁的红绿灯。

每一个与他有关的回忆段落，都是甜甜的颜色。这大概就是喜欢吧。我揣测、怀疑，却又难以抗拒这种模糊不清的奇怪感觉。

我会常常捧着历史书装模作样地读，眼睛却不由自主地盯在那个熟悉的白色身影上。他微湿的肩膀，打篮球时专注的表情，张开双臂奔跑的姿态。直到被提醒，才发觉已经机械重复了"资本主义萌芽"好几遍；

我会每天中午来得很早，把他杯里冷掉的开水换掉。即使是夏天，宁愿自己喝滚烫的开水，也要把保温杯里特意准备的温水，偷偷灌进他的玻璃杯中；

我会因为不经意瞥到的一个像他的身影，刻意挺直腰板，努力保持最好的姿态；

偶尔看见他和别的女生说笑，心情就会莫名被漆成蓝色，低落小半天；

他的一句不经意的玩笑话，我也会猜测很久，心悸到难以入眠。

"嘿，白泽帆，你知道吗，我喜欢你。"

心中练习了无数次的表白，尽管不够勇敢不会言明，但每默念一次，还是会有甜蜜从心尖冒出来，咕噜出粉红色的泡沫。

"落梓，怎么又发呆了？"

"啊？"

我懒懒地伸长胳膊，视线便对上了白泽帆偏过的侧脸。真是美好的一天，连蜜糖色的阳光也变得可爱起来。

"周落梓，明天我们有场球赛，你要不要和林檬一起来？"白泽帆停下手中的笔，笑容温暖得像个发光发热的小太阳。

“啊……好。”我抿起嘴巴，笑起来的弧度刚好可以望见两个酒窝。在镜前练习了无数次的笑容，面对他时还是有一点不习惯的牵强。

“一定要来哦。”

即使是简单的邀请，语气也把握得刚刚好，听起来有一种特别舒服的亲切。呵，完美的少年。

“可是他爆粗口的时候真的很让人讨厌。”放学路上对林檬说起的时候，她毫不犹豫就反驳。我细细回忆起来，对白泽帆的好感度顿时打了个八五折。

“不过男生都是这样吧。”

“嗯，男生都是花心不可信的家伙。”

“林檬你这样想是会嫁不出去的。”

“没事，你出嫁的时候我做你的陪嫁丫鬟就好了。”

“二女侍一夫？”

“落梓你个腹黑女！”林檬故意晃动着车把，我笑着牵住她的衣角，车轮扭出不太规整的S型轨迹。

自行车追着云的脚步疾驰。一样的风景，每天路过却是不一样的心情。心情也会时好时坏，并不总是晴天。

“对了落梓，”到了分手的路口，林檬突然叫住了我，“陶也喜欢你，你知道吗？”

每天比闹钟还准点的一朵纸折玫瑰，怎么会不知道。

“今天那些男生又欺负他……”林檬顿了顿，“我就是觉得他也挺可怜的，对他好一点吧，不喜欢可以做朋友的。”

我想起了陶也，那个总是唯唯诺诺，被人欺负的男生。不止一次看见他被堵在楼梯间，个子不高的他单薄得经不起推搡。那些张扬的男生带着恶意嘲笑他，而他总是垂着视线不说话。他？朋友？我轻轻摇了摇头。软弱的男生似乎实在无法让十七岁的少女有多少好感。

“我先走了，再说吧。”

林檬毫不掩饰地露出一点失落。但也只是一点。她很快轻松地笑笑，挥手道别。

心情复杂地回到家。一进门，浓烈呛人的烟味扑面而来，像个张牙舞爪的白色怪兽。我的视线几乎是迫不及待地落在客厅。因为那烟味，是久违的熟悉。男人坐在沙发上，烟灰缸里插满了烟头。看见我，男人僵硬地笑了笑，冲我点头。熏红的眼睛像是几夜未眠的憔悴。

“不走了吧。”明明有很多诘问和责怪，甚至还有一丝恨意。可是话说出口，却是一句没头没尾的留恋。

“哦，公司要用的一些文件留在这儿，今天顺便回来拿。”我这才注意到他身边一只黑色的旅行箱。

“你在学校还好吧？”男人又点上一支烟，烟雾模糊了他的表情，那么不真实。

“嗯。”

短暂的沉默。

男人忽然狠狠摁灭手中的烟，起身跺了跺皮鞋，“你学习忙，我先走了。我回来的事不要和你妈说。”

他经过我，眼神刻意避开。门轻轻地关上，脚步声一点点消失。偌大的空洞感像未散开的尼古丁侵袭着身子。

“爸爸。”

我动了动嘴唇，只是短短两个音节，却好像嚼着一枚泛青的果子一样干涩。

茶几上留着小半包他拆开的烟。我抽出一根，一下一下擦着塑料打火机，淡紫色的火焰那么迷蒙无辜。终于点燃那根烈性烟，犹豫了一下还是没有将它送到唇边。略带毒性的味道让我抑制不住地上瘾。是爸爸的味道。

烟一根一根燃尽。我沉浸其中，不能自拔，甚至没有发现妈妈已经下了班，安静地站在我身后。我后知后觉地灭了烟。

妈妈轻叹一口气，走到阳台利落地打开窗户，将烟头收拾进垃圾桶。冷风灌进来，破碎了我的幻境。

我扶着桌子，等妈妈开口。可是她什么也没有问。

虽然是她的亲生女儿，可是我从来不能真正了解她的想法。妈妈似乎对什么事情都是淡淡的，或许是作为医生的职业习惯。

“他……回来过。”

啪。厨房里瓷片破碎的清脆。

“妈，怎么了？”

“没事，碗摔了。”

妈妈的声线在颤抖。我走进房间，故意把门关得很大声。

我将耳朵贴紧，妈妈压低的啜泣声终于崩溃成决堤的洪水，像是要淹没全世界才肯罢休。

那是我第一次听见妈妈哭。

我揪着一颗心，听那哭声不止，渐渐贴在冰凉的地板上睡着了。一夜无梦，安稳得可怕。

早晨的闹钟像往常一样将我叫醒。睁开眼，却是在温软的被窝里，仿佛昨天是一场冗长不真的梦。是妈妈来过吧。

我走出房间，客厅里妈妈抱着双臂，定定地发着呆。

“妈，我去上学了。”

“我已经帮你请了假。过来。”

简短，却是不可抗拒的命令。昨夜的一场眼泪，洗涤干净，竟没有留下多少痕迹。我拖沓着脚步走到沙发前，茶几上摆着一个薄薄的离婚证。

“我跟你爸离婚了，你想跟谁过都行，我尊重你的选择。”

听不出一丝起伏的声音，像金属质地，冷静，甚至是冷漠的。从开始的争吵，到长时间的冷暴力，离婚我并不意外。

我望向茶几上的烟灰缸，似乎还有尼古丁的气息在盘旋。原来昨天，就已经离婚了。我想起了爸爸走时带走的黑色旅行箱。难怪他会回来，难怪妈妈会难以克制情绪失声痛哭。

“哦，那……随便吧。”

妈妈皱了皱眉，似乎不太满意我的回答。其实我更愿意跟着爸爸。那个小时候让我骑大马的男人，向别人骄傲介绍“这是我女儿”的爸爸。只是他已有了新的牵挂，况且说出来妈妈也会难过吧。

“那还先在这里住着，我今天就出去找房子，安排好了我们就搬家。”

妈妈转身走过我的身边，一阵轻柔的风像一声叹息消逝在空气里。

她很快换了衣服，不多说一句话就出了门。我站在阳台，看妈妈在视野里出现又消失。

没有烟味的客厅，像潮水退去的海滩。我怀恋那种味道，突然地，眼泪流下来，我哭得很沉默。

**与青春有关的一尾忧伤**

晚自习我还是决定去上课，整整一天我都待在家里。一个人的热度怎么也无法让这个家温暖起来。我害怕这种感觉。

“落梓？老师说你请假了，怎么了？”

刚进教室，就听见林檬熟悉的声音。毫不掩饰的担心。我勉强着笑容，本能地说谎：“我没事。”

“吓死我了。”大大咧咧的林檬没有多想，很容易就相信了我。倒是白泽帆轻轻锁紧了眉头，似乎想说什么，但看到林檬开心的表情，还是缄默。

其实你还是关心我的对吧。

一颗心轻松下来。对他偷偷的遐想，又因为这一个表情充满少女情怀地膨胀起来。

白泽帆，你会不会也在喜欢我？

我以为我可以一直寂静地怀着甜蜜，像收集落叶一般捡拾每一片刻下他的记忆，直到夏天结束，直到毕业分离。我多希望当时没有想多，那样我也不会在不小心发现白泽帆喜欢的人时难过得不可收拾。

那天下午的信息课，我因为出板报留在教室里。再加一点色彩就更完美了。我捧着粉笔盒，看黑板报远观的效果，满足地想。

我快步走向教室后面，不经意被没有放好的椅子绊了一下，硬生生撞在旁边的桌子上。堆积的书本作业失去平衡“哗啦啦”散落一地。真是倒霉。我一本一本整理着书，心情不免有些低落。随手翻了翻练习本，潦草但好看的字迹是那么熟悉。

白泽帆。

想起一如字迹般干净的他的模样，心思又偷偷跑了出去。

我将书本整齐地放在书桌一边，手指却随着视线停顿在了不起眼儿的桌角。

林檬。

不会错的，他的笔锋。刻痕很浅，但却是看得出的认真。

我站在原地，手指无意识地反复摩挲这两个字。一笔一画，直疼到心底。忽然憎恶窗外投射出的一缕阳光，将这个名字涂抹得如此耀眼。

仿佛灼伤了皮肤一般，我缩回手，将冰凉的汗水揉碎在掌心里。

上帝最喜欢意外的安排，不是吗？在这个安排里，我的一厢情愿像一个不那么幽默的冷笑话，最后也只能笑笑自己。我忘了我的喜欢不过是角落里卑微生长的一枝，从未见过日光。我是多么希望可以成为林檬那样热情开朗的女孩子，可以轻易出现在白泽帆的视野里，毫无顾忌地与他并肩说笑。

我咬紧嘴唇，将手中的粉笔一支支折断。泪水在眼眶里隐忍，终于还是没有掉下来。

下课铃响了。我仰起脸，露出很自然的微笑。仿佛伪装不是刻意的欺瞒，而是戒不掉的习惯。

很快就搬了家，自始至终，父亲都没有出现。从邻居的闲聊中我才得知以前的房子早已被他过户，而生活费水电费却一直是妈妈独自承担。我不恨爸爸。毕竟人心都是为自己暖的。林檬依旧来新家接送我，只是这条路，再也遇不上白泽帆。

我把秘密写进日记，日子依旧波澜不惊。偶尔白泽帆叫上林檬看他们的球赛，她也一定会拉上我做伴。每次下意识地想拒绝，可话到嘴边却又成了应允。似乎总是抱着侥幸：只要我在，就不会有他们单独在一起相处的机会。可是真的亲眼看见白泽帆对林檬不一样的眼神和看似不经意的关心，又会恨自己的自欺欺人。

我在循环的矛盾中反复纠结，像个疯子。不死心的疯子。

直到白泽帆拜托我转交一封精致的信，所有欺骗自己编织的谎话顷刻崩塌，只剩下他低柔嗓音重复的断断续续的话。

“可以帮我把这个给林檬吗？你是她最好的朋友……如果她不接受就当什么都没有发生好了，拜托了落梓。”

落梓。记忆中他唯一一次这样亲密地叫我，只是这回忆，越清醒便越疼痛。

“好。”情绪哽在胸口，连声线也变得不自然。

“你不舒服吗？”

“啊，昨天熬夜感冒了。”我信口胡诌了个理由，白泽帆也没有再问。

呵呵。我轻轻笑自己，还在傻傻幻想什么，他的关心？礼貌罢了。

白泽帆走后，我撕开信的封口。只是一页薄薄的纸，却好像沉重得让我呼吸不能。

思量再三，还是没有看那封信，我怕心会疼得裂开。信被我扯碎，无辜的白色躺在水池底，浸湿变得透明。我也不管会不会堵住下水道，猛地拧开龙头，看水流模糊了好看的字迹，席卷到我看不见的角落。

原来喜欢真的会让一个人变得自私，自私到只能容下为他一个人的喜怒哀乐。

你真是个令人讨厌的人。

我对镜子里的女孩说。她不说话，只用泛红的眼睛凝视着我，是嘲讽，也是应答。我甩开水珠，透明的水滴割碎了她牵强的表情。原来我最恐惧的是自己。

走廊突如其来的嘈杂慌乱了我的手脚。我迅速掏出纸巾擦干眼睛，又拍湿了脸颊，好让潮红的脸终于褪去了一些颜色。

都放学了，怎么还有人。我刚想要逃离，却发现下楼唯一的出口被三四个男生占据。

“就你还想要追女生？省省吧，她躲你都来不及。你就是个废物，脑子进的水都能养鱼。”

“装什么假正经来上学，滚回家种田喂猪吧！”

“哈哈哈……”刺耳的嘲笑声听得我不禁皱眉。

“喂。”我哑着嗓子，冲他们喊了一声。男生们望向我，笑得更加放肆。

“这不是周落梓吗？哎，废物，你说你喜欢她，有本事你表白啊，她要敢接受我认你祖宗。你说啊，说啊，废物！”

“我……”低到尘埃里的声音。

我这才看清缩在墙角的陶也。他的校服被拉扯松了，上面还有明显的灰印。他斜长的刘海儿遮住了眼睛，看不出是怎样的表情。

“周……周……落梓，我……”

“哈哈，傻子。”那些男生夸张地笑着。

我拽紧衣角，一股正义感油然而生。或许是受了白泽帆情书的刺激，我冲动地走过去，拉起陶也。朝那些男生冷冷地翻了个白眼。

“我喜欢他，怎么了？”

我拽着陶也走下楼梯，留下那些男生呆若木鸡地愣在那里。毕竟是底气不足，一直都没敢回头。只是那么一瞬间，我觉得自己像个女英雄。

“你是真傻还是装傻。他们让你说你就说，一点都不知道反抗吗？”到了没人的地方，我停下脚步，忍不住数落他。陶也低着头，我颇恨铁不成钢地叹了口气。

陶也忽然望向我，透彻的目光盯得我有些不知所措。他的眼睛真的很好看，有一些明亮的东西，这样的特别是从前没有注意过的。

“你刚刚，说的是真的吗?”

如此直白的问题，和他的目光一样让人无法直视。若真的回答只是看不下去他被那些男生欺负一头热血想要解围才随便说的话，他会不会难过？

我落荒而逃。

第二天我早早来到学校，却意外发现抽屉里摆满了七彩的纸折玫瑰。同学探询的目光投射过来，我才意识到头脑冲动带来的后果。所有的人都误会我和陶也已经在一起了。我极力想要解释，但八卦的风口浪尖是不会有人相信的。我想找陶也说明昨天的事情只是个意外，刚走到他面前，走廊周围的同学便煞有介事地躲避开，在一起窃窃私语。我红了脸，干脆走开。

“别矛盾了，至少现在陶也不会被那些男生看不起。你拯救了他，这叫救人一命胜造七级浮屠。”

林檬挽着我去食堂的路上，听我说了事情的缘由后安慰着郁闷了一整天的我。我踩着脚底的阳光，看透过树隙结成棉花团的云，忽然觉得心情也没那么坏。

“哎，周落梓。”

白泽帆。我停下脚步，拉着林檬的手紧了紧。我忐忑着，害怕白泽帆的某一句话揭开我拙劣的演技。潜藏的良心发现，不合时宜地加剧了坏心情。

“上次的黑板报评比我们班拿了第一，要感谢你啊。”他很自然地跟上来，却刻意避开林檬，走在我的右边。

“是吗？”我故作轻松地笑了笑，假装不经意地望向林檬。她毫无察觉地看着我，在视线相对时淘气地弯了弯眼睛。

白泽帆垂下视线，他的每一寸失落都被我收罗在眼底。突然好后悔自己的自私，但却又固执地沉默着。

没有收到情书的林檬一如既往，白泽帆以为她拒绝，也没有再说什么。而我，在尴尬的三人行里小心翼翼。背负的愧疚，压在脑海的心事，入夜便是难以入眠的疲惫。

周落梓，你这个自作自受的坏女孩。

林檬已经有好几天因为各种原因没有和我一起回家。最初我还担心是不是情书的事情被她发现，紧张了好一阵子。但某天无意的发现，让我稍稍有些释然。我没有说穿林檬的不能一起回家的谎言，就像现在陶也偷偷跟在我的身后，而我保持着匀速的步调假装毫无察觉一样。

“喂。”我停下脚步，浅笑着转过身。陶也毫无防备地愣住，迟疑了一下还是走上前来。

“林檬和你商量好的吧？”

“原来你知道。”陶也的眼神不再闪躲，透过细碎斜长的刘海儿流露出一些柔软。

他从口袋里掏出一块黑巧克力，刚好是我爱吃的牌子，“喏，给你的。”

“谢谢。”我咬下一口略苦的巧克力，心情稍稍好了起来。或许我并不讨厌他，只是，他不是白泽帆。我咬了咬嘴唇，心像蛀牙一样发疼。

“我先走了，你不用总是跟着我。”我把包装袋扔进垃圾桶，“其实上次是看不惯那些男生才那样说，我……不喜欢你。”我低下头看着脚尖，有些忐忑地等着陶也的反应。

“我知道。是我想多了。但还是谢谢你。”陶也把手插进口袋，又拿出来，递给我一朵蓝色的纸玫瑰。

“虽然你不喜欢我，但玫瑰还是送给你。它会带给你幸运。”陶也弯起眉眼笑了笑，让我有一瞬间感动到恍惚。但还是挥挥手，轻松地与他道别。

天气并不晴朗，心情却莫名释然。或许时光就是这样，总要让你遇见一些人，经历一些事，才肯在惊喜和意外的悲伤中教会人成长。

陶也，就算没有遇见我，你也一定是勇敢的少年。

**愿你想起我，会有片刻的沉默**

凤凰花像日光般热烈的六月，高考如期而至。

填报志愿前的那个晚上，最后一次狂欢。微醺的酒色在清脆的碰瓶声中爆炸，揉碎的灯光投影在每个人的脸上，幻灭着不可捉摸的表情。

林檬脚步不稳地跌向我，我伸手拉住她。脸色酡红的林檬仰面灌下杯里的残酒，闭上眼靠在我的肩上。

“要不要回家？”肩膀被压得酸痛，我耸了耸肩，扶起半清醒半迷蒙的林檬。

和包厢里散落着碎酒瓶的潮湿地板相比，空旷的大马路上席卷而来的凉风，倒是让人清醒了许多。我借着手机屏幕的亮光，看清了时间。凌晨三点钟的街头，上哪儿打车？看着坐在路灯下昏昏欲睡的林檬，我掏出打火机，点上一支烟，闻着和爸爸极为相似的味道。每次感到孤独的时候，我就会想起他。不可抑制地上瘾。戒不掉，也不想戒。

林檬的手机响了，她在外套口袋里摸索了半天才找到。“帮，帮我接一下。”她看也没看就把手机递给我，然后抱着路灯特别疲惫的样子。

看到手机屏幕上的来电显示“白泽帆”，我迟疑了几秒，还是滑动接听。

“喂。”

电话那头的白泽帆叮嘱我一定要送林檬安全回家，我含糊其辞地嗯了一声，切断了他未说完的关切。

我熄灭了烟头，屏幕也一点一点暗下去。

“林檬，”我拽了拽她的胳膊，“我有事要对你说。”

压抑很久的秘密很适合在黑夜的掩护下坦白。再难以启齿，也可以在黑暗中找到合理的解释。我也不知道说了多久，只觉得好像一直在重复着，语无伦次。林檬安静地听着，黑色的眼睛很沉默。

“这些我都知道。”

林檬站起身来，背对着我。我突然觉得有些难过，眼泪毫无预兆地倾泻。

“不，你不可能知道，我撕了白泽帆给你的情书，我害你们不能……”

“落梓，”林檬抱住我，在我的耳边呢喃，“也许你觉得我好像没心没肺的样子，其实我很敏感的。你的喜欢，他的喜欢。只是我假装都不曾发生。我故意不和你一起回家，告诉陶也你的爱好和你爱吃的巧克力牌子。我也曾自私地希望你喜欢陶也，希望我们不要为了一个白泽帆相互嫉妒相互猜测。”

“对不起……”

我才发现，自始至终，我所有的秘密和谎言其实都是林檬不忍道明的放纵。林檬她什么都知道她也什么都没有说。我想起前一阵子在小说上看到闺密两个和一个男子相恋的情节，林檬一边被虐到哭得稀里哗啦，一边对我说如果有一天我们同时喜欢上了一个男生，那就都放弃，因为友谊大过天。只是我忘了，或者是我假装忘了。至于林檬有没有喜欢白泽帆，已经不重要了。

“你不恨我吗？”

“傻落梓，你是我的好姐妹，自然做什么我都能原谅。”

林檬笑得很孩子气，就像第一次认识她那样单纯。

志愿填报的时候我选择了和林檬一样的南方某城市。而白泽帆，却意外地选择了北上。他说，男孩子就应该去北方磨炼成长。可是我知道他想在一个只有漫长冬天的地方，丢下这段与夏天有关的念想。就像他在给我的同学录上写下的：她的笑容，是南国留给我最美的慰藉。

陶也在那个暑假黑了许多，但眼睛还是一如既往的明亮。或许再见他已经如愿成长为一名勇敢的士兵了吧。他离开的时候我去车站送他，他站在我的面前，没有了从前的怯懦。临行前他把一朵精致的彩虹玫瑰送给我。我知道，这是他给我的最后一朵。我轻轻抱了抱他。亲爱的男孩，我们终会成长，如此隐秘而又欢喜。

和林檬像从前一样在书店或是奶茶店亲密聊天时，也常常会想起远在北方的白泽帆。那个我曾经喜欢的少年，你现在是否也会因为某个熟悉的场景而回忆过去呢？只愿你想起我，会有片刻的沉默。片刻的沉默，不需要太多。

年少的心事，像一根不肯让人轻易触碰的刺，总是小心翼翼，却还是会弄疼自己。岁月终是温柔，让这心刺在以后的回忆里褪去了青涩坚硬的外壳，柔软成心的一部分。到如今，已是云淡风轻。

# 长大是人必经的溃烂

## 01

文♦陌桦

第十八届全国新概念作文大赛二等奖获得者

糖果罐里那么多颜色令人眼花缭乱，
每一颗糖果都显得与众不同，
而我也是其中一颗。
我开始品味自己的独特。
糖果的第一层是香甜的奶油滋味。

我所向往的是什么？最初我想的是可以在一个偏僻但不荒芜的地方搭起一座木屋，耕耘属于自己的一片土地。再在家里的大院子里搭上可以遮挡夏日的烈阳和冬日的寒雪的葡萄架。养上两三只宠物。过着简单且平淡的生活。

小时候由于一些因素，父母不能陪在身边。所以我就随着外公外婆去了一个名叫泾县的地方。在那里我开始了自己真正意义上的无忧无虑的童年生活。可惜当时的年纪太小，无法将发生的过往一一列出。只能靠着几张泛黄的老照片加上外婆的一些描述来努力拼凑自己记忆里的碎片。

至今仍记得家中院子里的那个葡萄架，青青的葡萄藤在木架的支撑下缓缓生长。每到夏天的时候，外公就会搬一把躺椅放在院中，沏一壶热茶放在旁边。悠闲地闭上双眼躺在椅上感受夏季弥足珍贵的阴凉。邻居家的花花也会时不时地从门前的小洞钻进来对我摇晃它那条大大的花尾巴。

可能是因为时间的缘故，我能想起的也只有这些。但每当我想到这些，一边看着手里的老照片一边听着耳边外婆对过往的怀念。仿佛时间真的可以倒转，带我回到那个充满了懒散阳光和徐徐微风的下午，一个老人一个孩童与一只狗构成的唯美画卷。

## 02

这糖果并非完全香甜。
一直浓郁的香味不是香味，
片刻的芬芳才叫作芬芳。
糖果的第二层又是什么味道？
怎么开始觉得酸涩了呢？

我曾以为这世界上真的有永远，后来我才发现一个令人酸涩的事实。除了我们头上的天和脚下的地或许没什么是可以永远存在的。或许这天地也不能永远存在。

我曾经有过不少朋友，后来他们一部分离开了我，像是一个过客用尽了缘分这张车票。我只能让他们提前下车。我印象里最深的一个过客是阿强。

阿强和我从小学一年级认识，直到三年级的时候，我们那个年纪忽然开始流行“帮派”之分。我出于好奇下意识地凑了个热闹也成立了一个什么帮派。而阿强就是第一个加入我“帮派”的人。于是我们在那一年开始建立起了良好的友谊，每天上学我都会去他家楼下叫他下楼一起去上学。放学的时候也是我先陪他走到他家谈天论地一番再自己一个人回家。以至于我回家的时间被无限时地延长，从而回家之后被父母一顿指责。后来我也问过阿强为什么不去叫我上学以及放学陪我先回家。阿强给我的理由是我家门口有一只穷凶极恶的大狗。但关键是我家附近并没有所谓“穷凶极恶”的大狗。而阿强却一口咬定那只大狗绝对存在。他说得那么信誓旦旦以至于我最终还是相信了他。我原本以为阿强会是我一辈子的好朋友，却没有想到这份友谊在初二那年被几本漫画书所破坏。

那一年的盛夏流行一本名叫《偷星九月天》的漫画书。而阿强收集到了前十五本连载。恰好我有后三本。后来阿强问我借去了那三本并说在一个星期之

后还我。可我等了一个月的结果却是阿强眼神闪躲支支吾吾地从嘴里吐出的两个字："丢了"。听到这样的回答我当然愤怒，可阿强毕竟是我的好友，我总不能因为他弄丢了我的漫画就和他闹僵。于是这件事就被搁置在一旁。

直到后来我去他家的时候看到了我的三本漫画与他的十五本漫画华丽丽地躺在他家的书架上。那一刻我感觉自己受到了莫大的委屈。我也突然红了眼地对他咆哮质问："那三本书不是我的吗？你不是说弄丢了吗？"回复我的是长时间的沉默。我冲出了阿强的家并狠狠地摔上了他家的门。安静的楼房突然传来"砰"的一声巨响。我感觉不是自己走出了阿强的家。而是阿强走出了我的家。后来在放学路上再见到阿强的时候，我都会故意抬高自己和身边人说话的音量去刺激阿强一个人的寂寞。而阿强加快的脚步让我有种类似于复仇的快感。直到后来阿强的身边又多了一个人。他们每天有说有笑就像当初我和他一样。我才发现自己和阿强再也回不去最初的模样。

## 03

开始变味的糖果，
是否过了它应有的保质期。
我下意识地想去咬碎它一探它中心的秘密，
却被它的坚硬硌得牙口微疼。

十六七岁的年纪是浮躁的，他们看一切总是带着有色的眼光。一些些微小的摩擦就可能引出能引爆炸药的火花。

我第一次打群架发生在高一。那年夏天天气很热，我们的脾气也十分火热。经过半年的相处，一个宿舍里我们臭味相投的六个人的关系逐渐坚如磐石。而此时我们却听到来自隔壁宿舍的一些针对我们的带着恶意的闲言碎语。

就像是刚刚磨好的宝剑需要试炼。我们把剑尖对准了散播闲言的那个人。A和我先在三楼宿舍的厕所找到了他，当时他正在刷牙。A问他那句话是不是他说的。他点了点头。A又问既然是你说的那现在你还不道歉？他先是咕噜了一口自来水，然后把夹着泡沫的自来水从他口中吐出，接着擦了擦嘴角很欠揍地说：“道什么歉啊。”A估计是没想到他会是这样的反应，愣了片刻丢下一句：“你等着，明天你多叫点人，不然别说我们欺负你。”说完这句话我便和A自以为潇洒地扬长而去。

到了第二天中午，我和A与他在校门口偶遇，A又问了一句是否道歉。谁知那货看我们的眼神更加轻蔑，甩下了一句“今晚大坝见”。

傍晚的大坝并不像往常一样人迹罕至，在夕阳下多出了二十几个人的影子。我们站到天快黑了也没看到他带着他的约定在大坝与我们碰面。于是我们觉得无趣便纷纷解散。我和宿舍其他几个人便同行归往宿舍。在我们回到宿舍收拾好东西准备回家的时候。他才带着他的豪言壮志姗姗来迟。我们被困在宿舍，半晌过后只能无奈地拨通了班主任的电话。那时候我感觉我们这把刚出炉的宝剑仿佛刺到了水里。剑身的滚热被寒冷的冰水冷却。

## 04

这颗糖果到底会是什么滋味？

我不知道。

到了现在仿佛变得苦涩又有点甜甜的。

它会溃烂吗？

我不知道。

我所向往的是什么？最初我想的是可以在一个偏僻但不荒芜的地方搭起一

座木屋，耕耘属于自己的一片土地。再在家里的大院子里搭上可以遮挡夏日的烈阳和冬日的寒雪的葡萄架。养上两三只宠物。过着简单且平淡的生活。

那现在呢？我也不知道。我开始不满足于内心的平淡却又不想过得太过激烈。我想到了《麦田里的守望者》有这样一句话：“长大是人必经的溃烂。”现如今我发现自己一点都不会说故事。一个连自己在想什么都不知道的人，我想应该是开始溃烂了吧。

# 车城

文♦邵蔚

第十八届全国新概念作文大赛二等奖获得者

傍晚，冷，车水马龙。我提着像是塞满石头的行李包，挂着过膝的长款羽绒服，向从远处来渐显轮廓的一辆辆笨重龟行的车投去无奈的目光，心中默念着一些熟悉的数字。

前面的路是堵了吧。我默默收回目光。车站边的候车人不少，他们肃立在肃杀的寒风中，形色各异，任凭初上的路灯光把他们或年轻或沧桑的身影拉得老长——活像一根根棍子。说他们形色各异还是不恰当的，因为他们赫然是一副被冷风冰冻住的样子，面无表情，满脸疲倦。他们齐刷刷地站在马路边，任凭一根根吐着温暖肮脏烟气的排气管在他们身边留下渐渐弥散在昏暝里的浊污，不言不语。他们都还保持着直立的形态，大概在他们眼中，比起疲惫不堪地靠在脏兮兮的路灯边上，顺便染一件土灰色的新衣服，腿脚那点酸痛算不上什么。

我突然就留恋起刚刚落下的斜阳了。起码它蹭过的云层都还沾染着白天温度的气息，虽然那像极了被血水洗过。暖橘色的灯光没能驱散入夜的惊悚和寒意，并且这灯光打在人们脸上更是显出一种诡谲的色彩——加重他们疲惫的色调。他们的思绪何去何从？白天的枯燥委屈，劣于他人的穿着用品，还是即将面对的一些些无聊琐事。他们的视线散乱而毫无目的，甚至没有焦距。我的脸似乎是冻僵了。冰冰凉的风连绵不断地侵袭着我暴露在冗长服饰之外的面部。我试图做一些奇怪的表情，抬升和扩张几乎没有知觉的面部肌肉，沉重的感觉袭来，我庆幸我还没被冻成面瘫——像黯淡的人们那样。所幸也不会有人关注到这一幕，他们仍苦苦等待，心里默念着一个个本身毫无意义的数字，松懈了目光，或者把了无生气的脸对着手机屏幕，任凭手机在脸上映出诡谲的荧光。所以他们并不会突然调转过头来看一个对着马路上方的空气龇牙咧嘴、挤眉弄眼，身材臃肿、衣着冗长，抱着行李四处张望的小姑娘。

终于有车驶来，可惜太拥挤，可惜不是我能乘坐的。不过人群总算躁动起来。一个背包的小伙子剐掉了携公文包大叔的手机，小伙不住地道歉，大叔捡起手机摆摆手便不再理会。一声声“不好意思”顺着夜风渐远，飘上了拥挤的车，随着引擎声驶出可关注的范围。而一个穿黑色长服的老女人把目光瞥向那里，撇撇嘴，又斜回眼去，默念她的数字。

车的拥挤程度几乎“前门挤上，后门挤下”的饱和。但在我的眼中，他们空虚得很。一张张镀上路灯冷漠颜色的居高临下、目光放空、无所适从、各怀心事的脸对着窗外，候车人的所在，然后视线近乎无转动地随着车行而平移，没有任何关注点，没有一点生气在脸上。那一车百无聊赖、了无生气的人，他们之间没有任何的交谈，哪怕是视线的交集。

我坐车的时候又何尝不是这种神态，这种态度呢。面对一车死气沉沉，谁都不想搭理谁的人，再激昂流溢的神采也只得乖乖收回肚里，换上一副戴着面具似的表情。

近乎凝固的气氛在一个小男孩闯入后变得奇怪。他不住地哭喊，说着一些含糊得恐怕只有至亲能听懂的话。他在我们身边窜来窜去，可惜人们也只是瞥去一些意味不明的目光。他的妈妈还是把他捉了回去，他被摁在草坪边，也失了言语。

好不容易有所流动的气氛又一次僵板住。冷和饿大概是人类一生抗争的主题。这里据海边不远，沾染了海风气味的空气逆风爬过高峻冰冷的高层建筑物，到达这里时也只剩下了干冷和僵硬。想到这里竟嗅到些许酸涩的气味。

我总不能永远停留在这里。车门滑开，潮暖污浊的空气打在脸上，竟让面部肌肉缓和起来，可此时的我却不想用它来演绎任何表情了。照明灯被引擎声吓得丢了魂。车厢一片漆黑和死寂。我想起几年之前被要求天天写日记的日子里，有事就写写，没事也得扯扯。从行云到晚霞，夜幕的沉降拉开一片思绪。

确实很久没有这样的体会了。几经波折已经在单元楼下。灯都没亮。或许他们回家了，只是没开灯呢。胡思乱想，娴熟地摸出钥匙开门——妈，我回来了。空气几乎是凝滞的，因为它在这一刻静止。一片漆黑，空旷寂寥。爸，我回来了。我毫无意义地对着没有生气的房间叫嚷。只是静。耳边也只有空气相互摩擦的细微声响。我索性扔了包在地上，打开电脑。开始只属于自己的奋斗。

# 清明·年华·岁月

文♦杨一欣

第十八届全国新概念作文大赛二等奖获得者

清明未雨。

不再是往常的朝雨迷蒙，暮云笼苍。遥望远山青黛，波翻细麦；万里无云未雨，花落未扫犹在。

拎几束鲜花，登上山去，触摸着被峥嵘岁月浸没的山壁，时光的青苔已渐渐地笼罩了壁端，葱茏而又蓊郁。抚着已被沧桑之锥镌刻下的斑斑锈迹，我黯然地感叹：这是人生的第几个清明？

时间仿佛是荒芜垒砌的城堡。

青春的气息在我的心中汩汩氤氲着，有时，我也会迷惘失落，多想拥有一份香茗的沉稳与一份笙声的淡泊。可是，在岁月的风语和萧萧声中，也许，一切将渐渐地散去了。

在急促而又焦灼的生活中，我常常伏在窗棂上，痴想那馥郁芬芳的紫堇。岁月与时光倏忽地溜走，而我却一无所措。人生如此脆弱，试问我自己，多少次曾无助地向墙隅以流涕，闻画角而生哀。岁月，时光，沉默地从我头上穿越，在一圈又一圈的纪元里踽踽而行。碎汞一般的往昔在飞鸟裂日的罅隙里抬头，记忆的疑问者在梦与现实的交替中质问着，我惊恐地张大了嘴巴，唏嘘了那空流年华。

立于先辈的坟冢面前，我竟无法抬头正视。人生几载，为何将仄仄的年华付诸东流？曾昔的年少轻狂、桀骜不驯一下子充斥着我的脑海，岁月的笛，宛如吹枯了我的灵魂，让我无知地将时光穷费，尔后又无颜地责问自己，为那流去的时光而后悔。

时间的长线被缓缓地扯着，像一束光线淡淡地，淡淡地荒灭。光阴荏苒，我在时间的缩影中无声地挣扎，岁月的鼓膜如一张宽大而看不到头的脐带，载着我与下一个世界的我的拓本，倾听时光的足音跫然。

先辈的墓碑却告诫我，不可沉湎于贪图享乐之中。时间，时间，还是时间。一介书生本当“不闻窗外事，只读圣贤书”，但我，在时间推杯换盏的顷刻之间，又做了些什么？时光的吻在我的影子上凝滞，我感慨，竟然会流泻出如庄周一般的呼唤。先辈已逝，年华正流。人生能有几回梦？在光与影的交织中，我无力去憧憬。在鳞次栉比中遨游，我无心迷恋。又是一年清明时，燃烛，仰拜，在香烛的淡淡香气中，我感觉我已悟到了什么。

时光在烛影中定格。其实启程与辞行无异，都在尽收眼底的高处，再繁华也似废墟，再破碎也藏霓虹。

流水落花春去也，人生已无回头路。左手的，是倒影；右手的，是年华。

**图书在版编目（CIP）数据**

全国新概念作文大赛获奖者优秀作品 ： 精华版 . 成长 / 刘奔三主编 . — 北京 ： 北京时代华文书局 , 2020. 3(2022. 1 重印 )

ISBN 978-7-5699-3451-9

Ⅰ . ①全… Ⅱ . ①刘… Ⅲ . ①中国文学—当代文学—作品综合集 Ⅳ . ① I217. 1

中国版本图书馆 CIP 数据核字 (2020) 第 002514 号

**全国新概念作文大赛获奖者优秀作品：精华版．成长**

Quanguo Xingainian Zuowen Dasai Huojiangzhe Youxiu Zuopin: Jinghuaban. Chengzhang

主　　编 | 刘奔三

出 版 人 | 陈　涛

选题策划 | 田晓辰

责任编辑 | 田晓辰

装帧设计 | 新艺书文化　段文辉

责任印制 | 訾　敬

出版发行 | 北京时代华文书局 http://www.bjsdsj.com.cn

北京市东城区安定门外大街 138 号皇城国际大厦 A 座 8 楼

邮编：100011　电话：010 - 64267955　64267677

印　　刷 | 三河市嘉科万达彩色印刷有限公司　　电话：0316 - 3156777

（如发现印装质量问题，请与印刷厂联系调换）

开　　本 | 787mm×1092mm　1/16　　印　　张 | 15　　字　　数 | 205 千字

版　　次 | 2020 年 4 月第 1 版　　印　　次 | 2022 年 1 月第 3 次印刷

书　　号 | ISBN 978-7-5699-3451-9

定　　价 | 35.00 元